KB121121

로크미디어가
유혹하는
재미있는 세상

ROK
MEDIA
로크미디어

운현궁의
주인

운현궁의 주인 9

2018년 1월 5일 초판 1쇄 인쇄
2018년 1월 10일 초판 1쇄 발행

지은이 화명
발행인 이종주

기획 팀 이기헌 왕소현 박경무 이승제
책임 편집 이정규

발행처 (주)로크미디어
출판등록 2003년 3월 24일
주소 서울시 마포구 성암로 330 DMC첨단산업센터 3층 314호
Tel (02)3273-5135 Fax (02)3273-5134
홈페이지 rokmedia.com E-mail rokmedia@empas.com

값 8,000원

ISBN 979-11-294-4448-6 (9권)
ISBN 979-11-255-9830-5 04810 (세트)

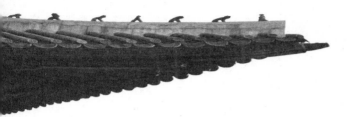

| 화명 장편소설 |

운현궁의 주인

9

로크미디어

차 례

1장

"전하, 긴급 상황이 생겼습니다."

잠이 든 지 얼마 안 된 것 같은 느낌이었는데, 최지헌이 나를 깨우는 목소리에 일어났다.

방 안에는 아직 불도 켜지 않아 최지헌이 가지고 들어온 작은 등불만이 방 안을 비추고 있었고, 창문 너머는 검은 하늘이라 아직 해가 뜨지 않았음을 알려 줬다.

"무슨 일인가?"

"일본에서 이륙한 폭격기가 한반도 상공을 초계 중이던 미군기에 발견되어 전투가 있었습니다. 일단 그들이 경성까지 오지 못하게 막았고, 상대 호위기 다섯 대를 격추하고, 폭격기도 두 대를 격추했습니다. 미군도 한 대의 전투기가 격추되었고, 세 대의 전투기가 기체 손상을 입어 부속이 도착해야 재출격이 가능할 것으로 확인되었습니다. 일본군의 폭격기는 경성으로 오려던 애초의 계획을 멈추고 선회해 일본으로 돌아가던 중 대전 지역을 폭격하고 갔습니다, 전하."

"일본 전투기가 이 밤에도 뜨는가?"

아직 레이더가 장착된 전투기는 일본에 없는데 아무것도 보이지 않는 일본 전투기가 밤에 출격해 경성을 폭격하기 위해 이동했다는 게 이상해 물었다.

야간에 비행하는 경우가 아예 없지는 않았고, 최근에도 블라디보스토크에서 여의도 비행장으로 미군이 방공포와 항공유를 보급하기 위해 야간 비행을 했다.

하지만 그건 여의도 비행장에서 랜턴으로 착륙 유도를 해서 가능한 일이었다.

GPS가 없는 지금 기술로는 정확하게 폭격 지역까지 이동해 폭격하는 것이 거의 불가능했기에 최대한 육안으로 목표를 확인하고 폭격해야 했는데, 그런 상황에서 지금 출격했다는 게 이상해서 물은 것이다.

"20분 정도면 해가 떠오를 것입니다. 아무래도 일본은 경성에 동이 트는 시각에 맞춰 이륙한 것으로 생각됩니다, 전하."

"피해는 없었는가?"

"격추된 미군 전투기의 조종사는 피격당하기 전 탈출해 근처의 대한군이 구출하였고, 민간 피해 상황은 아직 정확하게 집계되지 않았습니다. 우리 대한군이 대전 근교에 주둔 중이기는 했으나, 특별한 피해를 당하지는 않았습니다. 아직 동이 트지 않은 상태에서 폭격한 것이라 정확하지 않았던 것 같습니다, 전하."

"알겠네. 다들 회의실에 있는가?"

"3층에 위치한 미군 연락실에서 10분 뒤 긴급 대응 회의를 하기로 했습니다, 전하."

"알겠네."

최지헌의 구두 설명을 듣고 미군 연락실로 뛰어가니 아직 다른 사람은 도착하지 않았고, 미군 연락관과 미군만 바쁘게 통신을 주고받고 있었다.

"추가 정보는 들어왔는가?"

"미군 조종사는 대한군 주둔지로 이동했고, 이후 경성으로 돌아올 예정입니다. 그리고 개성에 머무르던 알렉산더 사령관께서 조금 전 경성으로 출발하셨습니다. 1시간 조금 넘게 걸리니, 새벽 6시 30분이면 위원회관에 도착할 것입니다, 전하."

"김포 해안선은 안 둘러보고 온다는 것인가?"

"일본의 대응이 바뀐 것으로 보여 상세 작전을 수립한 이후 오늘 오후에 김포와 인천을 둘러본다고 통보받았습니다,

전하."

"지금 초계기는 이륙했나?"

"이륙해 평택, 수원, 대전을 정찰하고 돌아올 예정입니다."

아직 비행기에 레이다가 달려 있지 않아, 초계기라고 하지만 전투기가 이륙해 육안으로 확인하는 방법밖에 없었다.

그나마 야간에는 시야가 거의 없어 발견하는 것 자체가 기적에 가까운 일이었다.

"해군의 레이다를 지원받을 수는 없나?"

엔터프라이즈호에는 미국에서 개발한 레이다가 설치되어 있었다.

영국도 자체 개발한 레이다로 독일의 비행기가 영국 본토로 넘어오지 못하도록 막았는데, 불가능하다는 것을 잘 알고 있지만, 그래도 한반도에 그게 있으면 어떨까 하며 혹시나 하는 마음으로 물었다.

"제가 전문 분야가 아니라 정확히 알지 못하지만, 장비가 복잡하고 단시간 안에 이동, 설치가 불가능해 힘들 것입니다, 전하."

"힘들겠지. 그래도 안 된다 하더라도 요청은 전하게. 한반도에 배치만 된다면, 우리 군에 인계하는 것이 아니라 미군이 운용해도 좋네."

"전하의 요청을 연합군 지휘부에 전달하겠습니다, 전

하.”

그리 기대는 하지 않았지만, 혹시나 하는 마음으로 말했
다.

미 해군에 설치된 레이다는 미군에서도 최첨단의 전략무
기였다.

무기대여법이 있어 무상으로 연합국에 무기를 지원하고
있었지만, 그런 전략무기를 지원해 줄지는 알 수 없었다.

그래도 일말의 가능성은 있었는데, 오스트레일리아가 풍
전등화의 위기에 놓인 상황이라 한반도의 중요성이 더욱 올
라가 혹시 하는 마음이었다.

“호치민과 쏨락친은 어떻게 되고 있는가?”

한동안 보고서가 올라오지 않아 연락관에게 물었다.

“OSS에서 진행하는 일이라 정확한 상황은 아직 넘어오지
않았습니다. 지금 중경에 OSS 동아시아국장이 와서 모든 사
항을 확인 조정 중인 것으로 알고 있습니다. 곧 정보가 넘어
올 것입니다, 전하.”

연락관의 말에 강력한 인상의 유리 제프리가 머릿속에 떠
올랐다.

지금은 첫인상부터 몰래 나를 찾아와 강렬한 인상을 남겼
던 그가 잘하고 있을 거라 믿어야 했다.

“일주일 안에 쏨락친은 움직인다고 들었던 것 같은데, 얼
른 경과를 알았으면 좋겠네.”

"자유태국정부는 치앙라이를 수중에 넣기 위해 바로 움직인다 했으니, 1차 작전에 대해서는 이미 시작되었을 것입니다, 전하."

"중경에 연락해 정확한 상황을 알아봐 주게."

"알겠습니다, 전하."

연락관과 대화하는 사이 조성환 군사위원, 몽양, 백범, 독리가 순서대로 방으로 들어왔다.

모든 회의 참석자가 자리하자, 연락관이 보고서 한 장을 가져와 회의를 시작했다.

"일단 상황은 모두 전파받으신 것으로 알고 있습니다. 시간이 없어 문서를 준비하지 못해 브리핑으로 대신하겠습니다. 일단 이번 교전 소식을 듣고 개성에서 알렉산더 사령관이 해안 시찰을 중단하고 경성으로 출발했고, 40~50분 정도면 이곳 도착합니다. 지금 상황을 다시 한 번 말씀드리면, 한반도 상공을 초계 중이던 전투기가 금산 부근에서 미확인 비행기를 발견하였고, 확인해 일본군 폭격기 편대임을 알아냈습니다. 그들의 방향은 경성으로 보였고, 경성으로 올라오던 중 우리 전투기에 발견된 것으로 파악됩니다. 경성에서 미군 전투기 열 대가 대응 출격을 하였고, 북상하던 적 전투기와 폭격기를 대전과 천안 중간으로 추정되는 지역에서 만나 전투가 발생했습니다. 경성으로 올라오던 적 폭격기 한 대와 전투기 두 대를 격추했고, 직후 방향을 선회한 적 폭격기는 다시 대전으로 향했습니다. 이 과정에 다시 적 전투기 두 대와 폭격기 한 대를 격추했고, 우리 쪽 전투기 한 대가 피격되어 추락했습니다. 이후 이어진 전투에서 남아 있던 적 폭격기 두 대는 대전 외곽 지역을 폭격 후 일본으로 후퇴하였습니다. 후퇴하는 적 전투기 한 대를 추가로 격추해, 총 적 전투기 다섯 대와 폭격기 두 대를 격추하였고, 적 폭격기 두 대와 전투기 세 대만이 겨우 돌아간 것으로 확인되었습니다. 우리 쪽 피해는 추락 한 대, 기체 손상 세 대입니다. 세 대 중 두 대는 겨우 여의도 비행장까지 돌아왔으나, 날개 부분에 피해를 당하고 중요 부속이 파괴돼 부속이 도착할 때까지 재출격이 불가능한 상황입니다. 한 대는 손상이 심하기는 하나, 다른 두 대의 부속을 뜯어 조립해 출격할 수 있도록 수리해 오늘 오후가 되면 정비를 완료하고 출격할 예정입니다."

"서로 다른 비행기의 부속으로 조립하면 위험성은 없습니까?"

설명을 듣던 군사위원이 질문했다.

"정비병의 의견으로는 괜찮을 것이라 판단했습니다."

"아군과 적군의 인적 피해 정도와 민간의 피해는 어떤가?"

지금까지 설명한 내용은 대략 알고 있던 것이라 진짜 궁금한 내용을 내가 연락관에게 물었다.

"추락한 아군의 조종사는 대한군 3사단의 수색대를 급파해 안전을 확보했고, 또한 일본군의 추락한 전투기와 폭격기는 전투기 조종사 두 명을 체포하였고, 다른 전투기 조종사 세 명의 생사는 아직 확인되지 않았습니다. 또한, 추락한 두 대의 폭격기 조종사와 승무원은 추락지 수색 결과 모두 사망한 것으로 확인되었습니다. 아직 해가 뜨지 않은 상황에서 작은 불빛을 보고 폭격한 상황이라, 대전의 외곽 지역에 폭격이 이루어져 가옥 수십 채가 피폭되어 파괴되었습니다. 그러나 해당 지역은 일본인 거주 지역으로 이미 피난을 간 상황이라 지금까지 수색으로는 사망자는 발견되지 않았습니다."

연락관의 말이 끝나자 몽양이 웃으며 말했다.

"결국, 자국민 거주 지역만 폭격했다는 말입니까?"

"지금까지 확인된 사항은 그렇습니다."

"우리 군의 피해가 없어 다행입니다. 그럼 체포한 일본인 조종사는 어떡할 예정입니까?"

"3사단에 구류 후 오늘 해가 밝으면 경성으로 압송될 예정입니다."

몽양의 질문에 연락관이 서류를 넘기며 대답했다.

"서대문형무소가 비좁겠습니다."

몽양의 감탄사에 어제 방문했던 서대문형무소가 떠올랐다.

"아직 우리가 많이 잡아들이지 못해 텅텅 비어 있었어요. 우리가 더 많이 잡아들여 형무소의 자리가 모자랄 정도가 되었으면 좋겠네요."

내 말이 재미있었는지, 참석자 전원의 얼굴에 미소가 걸렸다.

"일본이 움직이기 시작했는데, 우리 군의 대응 방식도 변경되었습니까?"

지금껏 조용히 있던 백범이 조심스럽게 연락관에게 물었다.

"일단 경성의 미 육군 비행단의 초계비행 계획을 C등급에서 B등급으로 격상, 한 번에 세 대의 비행기가 초계비행을 하고 있고, 후속 조치를 기다리고 있습니다."

"지금 경성에 도착해 있는 전투기가 총 몇 대인가?"

본격적인 대응 작전을 구상하기 전에 우리의 능력이 어느 정도인지 다시 한 번 확인하기 위해 연락관에게 물었다.

"경폭격기 열다섯 대와 전투기 쉰 대가 김포와 여의도 비행장에 나뉘어 주둔해 있습니다. 그리고 수 시간 내로 증원이가 가능한 블라디보스토크와 캄차카반도에 주둔 중인 비행기가 경폭격기 쉰 대 전투기 2백 대 이상입니다. 블라디보스토크에서 홋카이도의 일본군 주둔지를 중심으로 폭격하고 있고, 아오모리, 이와테, 아키타, 야마카타, 미야기까지 이르는 일본 동북부 지역의 일본군 주둔지를 파악하기 위해 아군 전투기가 정찰 중인데, 파악이 완료되는 1~2일 후부터 폭격할 예정입니다, 전하."

"그쪽으로 폭격이 이루어지기 시작하면 시선이 분산되어 우리 쪽으로 오는 폭격기도 줄어들겠군. 일단 며칠 동안은 다른 지역 폭격을 중단하고, 오늘 오전부터 초계비행 계획을 한 단계 다 격상해 A등급으로 유지하는 것이 어떤가?"

"A등급으로 올리게 되면 공격적인 작전은 모두 중단해야 합니다. 그런데 진해의 일본 해군 부대를 폭격해야 하고, 또한 일본 본토의 나가사키와 히로시마, 후쿠오카 지역의 군수 공장 지대 폭격은 연합군에서도 가장 중요하게 생각하는 목표입니다. 전하께는 죄송하지만, 경성에 대한 방어도 중요하지만 이후 적의 보급 능력을 떨어뜨리는 게 전체적인 전쟁 상황에서는 가장 중요합니다. 초계 계획을 A등급으로 올리는 것은 불가능하다는 게 미군의 입장입니다, 전하."

내 말에 연락관은 조금 당황스러운 표정으로 길게 대답했다.

나도 머리로는 일본의 군수공장을 꼭 폭격해야 한다는 걸 알았지만, 마음으로는 경성이 폭격받을 수 있는 상황을 만들고 싶지 않았다.

"알렉산더 사령관도 같은 생각인가?"

"이 의견은 연합군 총사령부의 의견입니다. 일본군을 발견한 직후 초계 계획 등급을 격상하기 위해 총사령부와 연락하였고, 총사령부에서 A급까지는 절대 올리지 말라는 통보를 받았습니다."

"알겠네."

이미 총사령부에서 결정했으면 알렉산더 사령관과 논의해도 크게 달라질 것 같지 않았다.

결국, 구멍이 넓은 그물로 일본의 폭격을 대비해야 했고, 대신 우리도 일본의 비어 있는 방공망을 뚫고 공격할 것이다.

그사이 경성이나 우리 군 주둔지에서 치명적인 피해가 나지 않기만 바라야 하는 상황이었다.

그 이후 조성환 군사위원과 독리, 연락관이 중심이 되어 대응책에 대해 논의하기 시작했다.

논의하는 중 창문으로 보이는 광화문통이 푸른빛으로 변했다가 완전히 해가 떠올랐고, 대응책이 어느 정도 정리가 되자 복도가 소란스러워지며 연락실의 문이 열렸다.

연락실 문을 열고 들어온 사람은 내가 경성으로 귀국하던 날 위원회관 앞의 단상에서 잠시 만났던 제임스 알렉산더 연합육군사령관과 작전참모 밴 플리트 대령이었다.

처음 단상에서 만났을 때와 비교하면 조금 더 피곤한 얼굴이었지만, 이목구비가 뚜렷하고 각진 강한 인상은 그대로였다.

내가 먼저 자리에서 일어나 문을 열고 들어온 사령관을 반겼다.

"어서 오세요, 사령관 그리고 대령."

"환영해 주셔서 감사합니다, 전하."

밴 플리트 대령은 자신의 상관이 옆에 있는 상황에서 내 인사를 받아서인지 고개를 숙이는 것으로 인사를 대신했다.

"먼 길을 왔다는 건 잘 알지만 일단 사안이 급하니 이쪽으로 앉아 논의를 시작합시다."

사령관은 내 말에 자리해 있는 사람들과 간단히 인사를 나누고 연락관이 앉아 있던 자리에 앉았다.

연락관은 사령관에게 지금까지 진행된 대화에 대해 빠르게 알려 주었는데, 잠시 기다리자 그 대화가 끝났다.

그들의 대화 내용이 딱히 비밀도 아니었다.

그 내용으로 유추해 보면 밴 플리트 대령이 나와 작전 회의를 마치고 이번 일이 터진 직후 직접 개성과 경성의 중간에서 만나 차 속에서 지금까지 일어난 일을 이미 사령관에게 설명했고, 연락관은 이곳에서 어디까지 이야기가 되었는지 알려 주었다.

"초계 경계 등급을 A등급으로 올리는 것은 저도 반대합니다. 경성을 방어하는 것도 중요하지만, 객관적으로 보아 여의도비행장과 김포비행장이 폭격을 맞지 않는다면 경성이 이번 전쟁에서 가지는 중요도는 조금 떨어집니다. 경성의 기반 시설이 중요하지만, 이번 전쟁의 승패를 가를 수 있는 폭격을 미루면서까지 방어를 할 수는 없습니다. 이해해 주시기 바랍니다, 전하."

"아까 연락관과도 이야기했지만, 그 부분은 어쩔 수 없는 부분이니 이해하겠습니다. 그럼 레이다에 대한 것은 어떻습니까?"

알렉산더 중장의 단호한 말에 입안이 까끌까끌해지는 느낌이었으나, 이해해야 하는 부분이라 별로 좋지 못한 표정으로 대답했다.

"가능하다면 분명 이득이 되는 부분이기는 하나, 제가 알기로는 설치한다 해도 레이다의 기반 시설을 옮겨 와 설치하는 데에만 한 달 이상이 소요될 것입니다. 지속적으로 보면 설치하는 게 좋겠지만, 지금 당장 도움이 되는 의견은 아닙니다. 장기적인 레이다 설치 계획에 관해서는 저도 함께 연합군 총사령부와 정부에 요청하겠습니다. 일단 가장 중요한 부분은 일본군이 상륙할 수 있는 해안선 방어와 일본의 주요 군수 시설을 폭격하는 것입니다. 이전에 논의하셨던 것과 같이 진해항의 일본 해군 주둔지와 부산항을 폭격한 이후, 나가사키를 시작으로 일본 군수 시설 폭격을 시작하는 게 맞는다고 생각됩니다. 연합 해군 본대도 이미 동경과 나고야항을 공격하기 위해 준비 중이고, 며칠 내로 사정권에 잡을 것입니다."

논의라고 하지만 알렉산더 사령관이 생각하고 있는 부분을 우리에게 알려 주는 느낌이 들었다.

하지만 그 내용 중에 조금 조절해야 할 부분이 있어 손을 들어 알렉산더 중장의 말을 중단시켰다.

"……네, 말씀하십시오, 전하."

"부산 폭격에 관한 부분인데, 잠시 말할 것이 있습니다. 교통위원이 설명해 주세요."

내 말에 참석자의 눈이 나에게서 독리로 이어졌고, 독리가 헛기침을 하며 자신이 가져온 자료를 꺼냈다.

"일단 이 작전은 저와 여기 있는 여운형 부위원장, 전하께서는 알고 있는 계획입니다. 아직 준비 단계이지만, 어느 정도 가시권에 들어와 있는 계획입니다. 위원회가 만들어지기 전 처음 '반격' 작전이 수립될 때부터 준비한 작전으로, 목포, 광주, 대구, 부산 이 네 개 지역은 반격 작전을 수립할 때 1차 점령지에 포함되지 않은 대도시입니다. 원래는 의주를 포함한 두 곳의 북쪽 도시도 포함되어 있었지만, 우리 군이 진출하며 지금은 제외되었습니다. 군이 진출할 계획이 없는 네 개 지역을 군 투입으로 점령하는 것이 아니라, 제국익문사와 지하동맹의 지원 아래 민간인을 중심으로 무기와 일부 요원을 투입, 해당 지역의 경찰서와 헌병대를 무력화시키는 방안을 계획했습니다. 이미 지하동맹이 미군에서 지원받은 무기를 해당 지역으로 옮겼고, 해당 지역의 인력거, 상인 조합을 중심으로 지역 경찰서와 헌병대의 무기고 위치와 주둔 위치를 확인하고, 실제 작전이 시작될 때를 대비해 각 지역의 사람들에게 은밀히 내용을 전달하고 있습니다. 또한, 정보국 소속의 요원이 지금 하는 경성 치안 유지 업무를 치안대에 인계하는 4~5일 뒤부터 각 지역으로 직접 내려갈 예정이며, 최종 작전 시작은 2주 이후가 될 것으로 예상하고 있습니다."

"민간인을 중심으로 하는 무력 행위는 너무 위험한 발상이 아닙니까?"

독리의 설명이 끝나자 백범이 조금 반발하듯 거칠게 말했다.

"위험한 것은 맞지만 생각하시는 것보다는 안전합니다. 경성의 경우에는 사단이 하나 주둔하고 있어 군대가 오지 않으면 점령할 수 없는 상황이었지만, 네 지역의 경우 지금까지 확인한 바로는 가장 많은 병력이 있는 부산의 경우 헌병 1개 소대와 고등계 경찰 15명, 경찰 80명이 전부입니다. 가장 적은 곳인 목포는 헌병은 아예 없고, 일반 경찰 30명이 모든 병력의 전부입니다. 병력이 가장 많은 부산의 경우 우리 요원 20여 명과 지하동맹, 그리고 민간인의 지원을 받으면 충분히 제압 가능할 것으로 예측됩니다. 다소 민간과 정보국 요원의 피해가 나올 수도 있지만, 지금처럼 일본군 상륙을 걱정해 폭격으로 접안시설을 파괴하는 것보다는 민간의 도움을 받아 점령하는 게 나을 것으로 생각됩니다. 또한, 진주의 허만정 선생, 구인회 선생과 경주의 최준 선생이 각 지역에서 작전을 하게 되면 나서서 도와주기로 했습니다. 그분들은 각 지역에서 덕이 높고, 영향력이 있는 분들이라, 국민의 참여를 독려하고 치안 유지를 하는 데에도 도움이 될 것으로 사료됩니다. 위원장님이 무엇을 걱정하는지 잘 알고 있습니다. 그 부분은 전하께서도 걱정하셨던 부분인데, 부위원장님과 저 그리고 우리 정보국 요원들이 여러 방면으로 확인해 최소한의 피해로 최고의 결과를 내기 위해 준비 중입니다."

"일단 저는 교통위원의 뜻에 동의하지 못합니다. 민간에게 이런 위험한 일을 하도록 하는 것은 기미년만 해도 충분합니다. 대한국재건위원회라는 우리 손으로 만든 위원회가 있습니다. 이런 상황에서 또다시 백성에게 책임을 떠넘겨 남쪽 지역의 일본을 밀어내겠다는 발상은 동의할 수 없습니다."

백범은 정면에서 독리의 뜻을 반대했다.

"책임을 떠넘기자는 것이 아닙니다. 그렇게 말씀하시면 지금 우리가 성공한 반격 작전도 지하동맹이 돕지 않았다면 이 많은 무기를 무슨 수로 옮겼겠습니까? 민간인과 비민간인을 나누는 조건이 무엇입니까? 우리는 이제야 국가의 기틀을 만들어 가고 있습니다. 한반도의 모든 사람이 큰일을 함께 해 나가고 있고, 이번 일도 우리 국민의 힘을 빌려 우리 손으로 이루자는 것입니다. 언제까지 남쪽의 땅을 일본인이 지배하도록 둘 수는 없습니다. 지금 미군에서 하는 포격으로 목포의 접안시설이 파괴되었습니다. 그리고 방금 받은 자료에 의하면 그곳에서 일하던 우리 국민 20여 명의 사상자가 발생했다고 확인되었습니다. 접안시설 파괴 작전 역시 미리 알리면 효과가 떨어지고, 알리지 않으면 민간의 피해가 생길 것입니다. 결국, 양쪽 모두 어느 정도의 피해가 발생해야 한다면, 이 계획을 실행하는 것도 좋다고 사료됩니다."

"최소한의 군사훈련도 받지 못한 사람을 위험에 빠트릴 수는 없다는 것입니다. 교통위원도 이번 작전을 진행하며, 디데이 새벽에 모인 지하동맹 사람들의 군사작전 투입을 최소한의 군사훈련도 받지 못했다는 걸 근거로 들어 막은 것으로 알고 있습니다. 그런데 왜 지금은 다른 뜻을 말하는지 모르겠습니다."

두 사람의 대화를 통역을 통해 전해 듣고 있던 알렉산더 중장은 내가 가만히 있자 자신이 끼어들어야겠다고 생각한 것인지 내 눈치를 힐끔거렸다.

그러다 내가 중재할 의사가 없음을 확인하고 손을 들었다.

내가 독리와 백범의 말에 끼어들지 않은 것은 이 회의에 내가 참석하지만 내 뜻대로 하면 이제 막 시작한 위원회에 힘을 실어 주지 못한다는 생각에서였다.

위원장인 백범과 교통위원인 독리가 의견을 주고받으며 결론에 도달하면 그 뒤에 내가 동의냐 부동의냐 뜻을 표해야 했다.

그게 우리가 정한 법이었고, 지금 위원회에서 이뤄질 수 있는 민주주의라고 생각했다.

"두 분의 말씀은 잘 알아들었습니다. 우선 우리 작전으로 희생된 민간인에게는 애도를 표합니다. 교통위원께서 작전을 준비 중이라 하셨는데, 해당 작전은 정보국에서 주관 중인 것입니까?"

알렉산더 중장은 목포에서 희생된 국민에 대해 말할 때는 내게 머릴 살짝 숙인 후 독리를 바라봤다.

"그렇습니다. 정확히는 정보 3부에서 진행 중이고, 책임자는 교통부위원인 노익현 부위원이 맡고 있습니다."

"정확한 기간이 언제까지입니까?"

"경성과 점령 지역 치안 유지를 지금 정보국과 치안대, 대한군 이 세 곳에서 하고 있습니다. 지역별로 정보국에서 하던 업무를 치안대에 이관하고 있으나, 아직 치안대의 인원 보충이 완전히 끝나지 않아 빠르면 4일 늦으면 5일까지 걸릴 것입니다. 이후 작전지역으로 내려가 준비하면 이동 시간과 작전지역 실사 시간까지 총 13일 이상은 걸릴 것으로 예상합니다."

"오늘 당장 준비에 들어간다면, 8일이 걸린다는 말입니까?"

"가능합니다."

"너무 오래 걸립니다. 더 당길 수는 없습니까?"

알렉산더 중장은 고개를 저으며 독리에게 다시 한 번 물었다.

"작전에 투입되는 요원을 당기면 4일까지는 가능합니다. 하지만 적진으로 투입되는 작전이니 아무리 빨리 이동한다 해도 2일은 걸리고, 최소한 실사를 24시간은 꼬박해야지 초병의 움직임과 교대 시간의 확인이 가능합니다. 지금 지하 동맹에서 확인한 자료가 있어서 24시간이고, 해당 자료는 일반인의 눈으로 확인한 것이라 안전을 위해 우리 요원이 다시 한 번 확인해야 합니다. 그렇다면 빨라도 4일은 걸립니다. 또한, 이것을 하기 위해서는 지금 정보국의 정보 2부와 정보 3부를 모두 투입해야지 가능한 상황입니다. 이 이상은 요원을 더 투입한다고 해도 시간이 줄어들지는 않을 것입니다."

독리와 알렉산더 중장이 의견을 주고받는 사이 백범은 제 뜻과 다르게 알렉산더 사령관이 이 작전에 동의할 것 같은 뉘앙스를 풍기며 상세 작전을 물어보고 이야기가 진행되자 그 대화를 잠시 중단시키며 말했다.

"잠시만, 지금 알렉산더 사령관은 이 작전을 실행하겠다는 것입니까?"

"아직 동의하겠다는 말은 하지 않았습니다. 모든 가능성을 열어 놓고 회의하기 위해 정확한 정보를 확인하는 중입니다. 계속해도 되겠습니까?"

"……알겠습니다."

백범은 알렉산더의 말에 잠시 생각하더니 대답했다.

백범은 지금 이 회의에서 아직 뜻이 확인되지 않은 조성환 군사위원을 제외하면 본인만이 이 작전에 반대하고 있다고 생각한 듯했다.

나와 몽양은 아무런 말도 하지 않았지만, 독리가 처음 우리 두 사람은 이 작전을 알고 있다고 단서를 붙여 그렇게 추측한 것 같았다.

"일단 제 의견을 말하겠습니다. 먼저 4일은 기다리지 못합니다. 투 트랙으로 가야 할 것 같습니다. 제안한 작전은 기존의 예정대로 진행하되 부산항과 진해항에 대한 폭격은 예정대로 이뤄질 것입니다. 특히 부산항의 경우 일본의 육군이 대규모로 상륙할 가능성이 있어 하루빨리 폭격해야 하는 곳입니다."

"잠시만요. 투 트랙이 무엇입니까?"

영어를 통역하는 사람이 투 트랙이라 말해 알아듣지 못한 조성환이 손들며 말했다.

그 외에도 참석자 중 한두 명은 알아듣지 못했는지 조성환의 질문에 고개를 끄덕이는 사람이 있었다.

"두 가지 길? 그 정도로 이해하시면 됩니다. 두 작전을 동시에 진행하지만 서로 다르게 진행한다는 것입니다."

나도 통역도 전혀 생각하지 않았던 부분에서 멈춰 통역 대신 내가 설명해 주었다. 그리고 계속하라는 내 신호에 통역이 알렉산더 중장의 말을 이어 말했다.

"오늘 오전 군산항에 대한 군사작전이 시작될 것이니, 부산항만 차단하면 본토로 일본 육군이 편하게 상륙할 수 있는 지역은 모두 제거할 수 있기 때문에 꼭 필요한 폭격입니다. 병력이 상륙하는 것은 어느 지역이라도 가능하지만, 우리에게 위협적인 포와 탱크가 상륙하기 위해서는 큰 배가 접안할 수 있는 부두가 필요합니다. 부산과 진해가 파괴되고 나면 한반도에서 그 정도 접안시설이 있는 곳은 남포, 인천, 원산, 안목(강릉), 흥남, 천진 정도입니다. 오늘 남포와 웅진, 해주 등 서해안을 둘러보았습니다. 많은 바다를 확인하지는 못했지만, 전 세계 어느 바다에서도 본 적이 없을 정도로 조수간만의 차가 컸습니다. 그렇다는 건 얕은 수심이 먼 곳까지 이어진다는 것이고, 배가 접안하기에는 힘들다는 뜻입니다. 그나마 접안시설이 있는 남포의 경우에도 만조가 된 몇 시간 동안 겨우 접안이 가능한 수준이었습니다. 인천은 아직 확인하지 못했지만, 비슷한 수준으로 생각됩니다. 맞습니까?"

"그렇습니다."

알렉산더 사령관의 말에 인천을 방문한 적이 있는 조성환 군사위원이 동의를 표했다.

　　"그렇다면 일본은 동해로 와야 하고, 부산을 제외한 동해의 항구는 블라디보스토크에서도 충분히 지원이 가능한 지역입니다. 즉, 우리는 그 항구 이용이 용의하지만 일본은 본토의 지원을 받기도 힘들고 이용이 힘들다는 뜻입니다. 일본 육군이 한반도에 대한 군사작전과 상륙을 준비하는 지금 부산항은 반드시 파괴해야 하는 곳입니다. 또한, 네 지역에 대한 작전은 계획대로 진행해 해당 지역의 치안권을 우리가 확보할 수 있게 준비하는 것이 일본을 고립시키고, 잠재적 위험 요소를 제거하는 방법으로 보입니다. 필요하다면 지금 군산 점령 작전에 투입된 대한군 중 일부를 돌려서 안전을 도모하며 작전을 실행하는 것도 좋아 보입니다. 군산 점령 이후 모자란 병력에 대해서는 우리 미군에서 지원할 것입니다. 어떻습니까?"

　　"나쁜 제안으로 보이지는 않지만, 선뜻 동의하기는 힘듭니다. 일단 기존 계획대로 접안시설을 파괴하는 폭격을 이어갈 생각으로 보이는데, 굳이 일반인의 사상자가 나올 수 있는 작전을 실행해야 합니까?"

　　백범은 처음부터 지하동맹과 제국익문사가 기획한 작전을 반대해서 알렉산더 중장의 설명이 끝나고도 반대의 뜻을 비쳤다.

"그 부분에 대해서는 제 의견을 말씀드리겠습니다. 가장 먼저 각 지역의 경찰은 아직도 치안권을 장악하고, 각종 수탈을 이어 가고 있습니다. 부산에 나간 정보국 요원이 파악한 바에 의하면, 경성 탈환 소식이 전해진 직후부터 지금까지 별다른 동요와 변경이 없이 일본으로 징병, 징발되던 젊은 청년과 여성은 꾸준히 부산항을 통해 보내지고 있으며, 기존 경성을 지나 만주 열차로 중국으로 보내지던 인원까지도 전부 배를 통해 일본과 중국으로 보내지고 있습니다. 기존 반격 작전을 수립할 때에는 경성과 라남의 군부대만 해체하면 한반도 내에 일본의 치안력이 상실될 것으로 예측했습니다. 그런데 헌병이 실질적인 힘을 발휘하지만, 그것을 실행하는 것은 경찰이라 특별히 변경된 것이 없어 남쪽의 대도시에서는 이전과 달라진 것이 아무것도 없습니다."

군사위원이 백범의 말에 반박하며 대답했다.

이로써 이 자리에서 공개적으로 독리의 작전에 반하는 사람은 백범 한 명밖에 없게 되었다.

내가 있었지만, 이 자리에서는 굳이 뜻을 내비치지 않았다.

"그 부분은 진해와 부산의 접안시설을 파괴하면 인원을 이동시킬 방법이 없기 때문에 충분히 제어가 가능하다 생각합니다."

"경찰이나 일본인 관료에 대한 처리 없이 접안시설만 파괴하면 오히려 그 접안시설을 복구하는 데 우리 국민과 자재가 들어갈 것입니다. 접안시설 파괴도 중요하지만, 일본의 치안권을 상실시키는 것도 중요합니다. 이대로 두더라도 계속해서 우리 국민의 피해가 일어날 것은 당연합니다. 그렇다면 우리가 할 수 있는 방법으로 막아 내야 합니다. 인적, 물적 능력이 부족하니 있는 자원을 활용할 방법을 찾은 것이 이번 작전입니다."

백범 혼자 외로운 싸움을 이어 나갔고, 이 작전을 기획한 독리까지 백범에게 대답했다.

그 뒤로 비슷한 대화가 몇 번 더 오갔고, 결국 백범이 손을 들었다.

"군사 회의의 위원님들의 뜻은 알렉산더 중장을 포함해 모두 작전을 실행하는 쪽 같습니다. 나와 의견을 같이하시는 분이 없으니, 다수의 의견을 따라 실행에 동의하겠습니다."

"이해해 주셔서 감사합니다."

작전을 제안한 독리가 다른 위원을 대신해 백범에게 대답했다.

2장

　어느 정도 결정이 끝난 분위기가 되자, 그동안 최대한 대화에 참여하지 않던 내가 몸을 탁자 쪽으로 당겨 앉았다.

　"사실 나도 이 작전에는 반대하는 입장이었습니다. 일단 피해에 대해 정확한 가늠이 안 되어 더 반대했었는데, 오늘 대화를 듣고 조금 마음이 바뀌기는 했습니다. 물론 아직도 반대하는 뜻은 가지고 있지만 이 자리에 참석한 군사 전문가들이 모두 동의하는 내용이니 뜻에 따르는 게 좋아 보입니다."

　내가 반대했다는 말에 백범은 조금 표정이 밝아졌다.

　어찌 보면 나와 백범은 상대적으로 비전문가일 수도 있었다. 정보를 담당하는 독리나 군인인 알렉산더 장군, 조성환 군사위원이 별다른 이견 없이 동의하는 내용이니 그들을 믿기로 했다.

하지만 백범이 일방적으로 몰린 상태에서 대화가 마무리되면 앞으로 불편해질 수도 있어서 첨언했다.

"동의하겠습니다, 전하."

백범의 마음은 알 수 없었으나, 누그러진 목소리로 말했다.

"그럼 진해항과 부산항까지 접안시설을 파괴하고, 동시에 정보부에서 추진하는 작전을 진행하겠습니다. 정보부 요원은 오늘부터 경성으로 들어온 미군에게 지금까지의 일을 인계해 오늘 중으로 각 작전지역으로 떠날 수 있게 준비하고, 작전 인원은 교통위원이 처음 최대한 빠르게 할 수 있다고 말했던 것처럼 정보 2, 3부의 모든 요원이 참여해 안정적으로 작전이 진행될 수 있도록 하겠습니다. 동의하십니까, 교통위원님?"

알렉산더 중장은 나와 백범이 동의하자 이 작전을 결정하기 위해 독리를 봤다.

"동의합니다. 해당 작전을 변경해 준비하겠습니다."

"이 작전의 이름은 무엇으로 하는 것이 좋겠습니까?"

작전명이 있어야 후에도 쉽게 대화할 수 있고, 또한 내 등 뒤에서 자다 불려 나와 머리도 제대로 정리하지 못한 채 글을 적고 있는 문서기록관과 작전을 연합군에 전달하기 위해 글을 작성하고 있는 연락관도 편하기에 작전명을 물었다.

"앙졸라Enjolras가 어떻습니까, 전하?"

모두 조용하게 있을 때 알렉산더 중장이 조심스럽게 말했다.

"앙졸라? 어감은 괜찮아 보입니다. 그런데 무슨 뜻입니까?"

뜻은 딱히 몰랐는지 여운형이 웃으면서 알렉산더 중장에게 말했다.

하지만 나는 학창 시절 장발장 혹은 레 미제라블이라 부르는 책을 한동안 후유증에 시달릴 정도로 감명 깊게 읽었기에, 앙졸라가 어디서 왔는지 충분히 알 수 있었다.

"'아베쎄Abaisse(ABC의 프랑스 발음)의 친구들'이군요."

내 말에 알렉산더 중장도 내가 레 미제라블을 잘 알고 있어서인지 미소 지었다.

"ABC의 친구들, 그들의 리더의 이름입니다. 전하께서는 알고 계시는 것 같습니다, 전하."

"잘 알고 있지요. 레 미제라블, 저도 감명 깊게 읽었습니다. 그런데 그들은 혁명에 실패하지 않았나요?"

"그들의 피가 있었기에 프랑스가 민주주의국가가 될 수 있었습니다. 다소 피가 흐를 수도 있지만 숭고한 피가 될 것입니다, 전하."

"좋습니다. '앙졸라' 작전으로 명명합시다."

"해당 작전은 앙졸라로 가겠습니다. 그리고 제가 급하게 내려온 것은 이번 일본 본토에서 출격한 비행기 때문입니다. 일단 현재까지 확인된 바에 의하면 일본 본토의 육군비행전대陸軍飛行戰隊 중 제6항공군이 출격했답니다. 이들은 이전 연합군 본대와 전투를 치른 제1항공군과는 다르게 교육과 비행사 양성을 중심으로 하는 교육 비행단으로 확인되었고, 제1항공군에 비하면 전투력은 약한 편입니다. 하지만 제1항공군으로부터 비행기를 공급받고 있는 정황이 포착되었고, 이번에 출격한 비행기도 일본의 최신 비행기인 것으로 추측됩니다. 이는 본격적인 일본 육군의 한반도 재침공이 준비되고 시작되었음을 알리고 있습니다. 아군 항공대도 블라디보스토크와 경성에 비행기를 증파하기로 결정하고, 준비 중입니다. 일단 가장 중요한 것은 김포의 비행장을 확장하는 것이고, 임시 활주로를 확보하기 위해 위원회의 도움이 필요합니다. 활주로 공사를 하기 위해 토목공사에 경험이 있는 일꾼이 필요합니다. 이 부분은 교통위원님께서 오늘 중으로 확인해 지원해 주시기 바랍니다."

"알겠습니다."

교통위원인 독리가 알렉산더 중장의 질문에 대답했다.

"일본이 움직이기 시작한 지금, 우리도 더욱 빠르게 대응할 준비를 해야 합니다. 2차 보급선이 미국 본토에서 출발하였고, 연합군 본대의 교전 시간에 맞춰 원산 지역으로 보급할 예정입니다. 2차 보급은 야포와 전차가 주를 이룰 것이고, 이에 따라 대한군에서도 인원을 차출해 야포와 전차를 운용할 인원을 교육해야 합니다. 이를 위해 야포 4문과 전차 두 대를 가져오고 있으니, 도착하는 대로 인원을 차출해 우리 군 교관에게 교육받을 수 있게 준비해 주십시오. 이 부분은 군사위원님께 부탁드립니다."

"오늘 중으로 인원을 차출해 내일부터 훈련에 들어갈 수 있도록 준비하겠습니다."

조성환도 알렉산더 중장의 말을 들으며 자신의 수첩에 받아 적으며 대답했다.

이미 알렉산더 중장은 이곳으로 오며 많은 준비를 한 것인지 그 뒤로도 백범과 몽양을 포함한 각각의 실무자에게 많은 지시 사항을 전달했다.

이미 북으로 진격하기로 한 상태였기에, 북의 병력은 없이 지금 있는 병력으로만 일본의 상륙을 막아야 했다. 또 그에 실패하더라도 북진하는 것은 막아야 했다.

그에 맞춘 작전과 준비 사항이 하나씩 전달되었다.

❦

"전하, 조회 시간이 다 되었습니다."

새벽부터 시작한 회의가 해가 다 떠오르고도 지속됐고, 아침까지 거르고 회의를 진행해서 이미 시간이 흘러 조회 시간이 다 되었음을 최지헌이 들어와 알렸다.

"다들 참석자들이니 자리를 옮겨 회의한 이후 다시 모여서 회의하는 것이 좋겠습니다. 일어납시다."

내 말에 참석자 전원이 자리를 정리하며 일어났다.

최지헌이 내 앞에 있던 자료를 챙기기 위해 들어오자 그를 불러 세워 말했다.

"아무도 아침을 못 먹었으니, 대회의실에서 간단히라도 먹을 다과를 준비해 주게."

"미리 참석자들에게 알리고, 간단한 다과와 음료, 빵을 준비했습니다, 전하."

내 말에 최지헌은 웃으며 대답했다.

그도 내가 아침을 거른 것을 잘 알고 있어 내가 말하지 않아도 이미 준비한 상태였다.

조회를 하는 대회의실로 들어가자 이미 모든 참석자가 모여 있었고, 우리가 마지막으로 들어갔다.

그리고 각 자리에는 최지헌의 말대로 다과와 빵, 음료가 준비되어 있었다.

새벽부터 시작한 회의는 조회로 이어졌다가 조회를 마치고 다시 내 방에 모여 군사 회의까지 하고 나서 점심시간이 지난 오후 2시가 되어서야 끝마칠 수 있었다.

종일 이어지는 마라톤 회의에 아주 건강하게 보이는 밴 플리트 대령이나 상대적으로 젊은 문서기록관까지 모두 피곤함이 눈에 보였다.

많은 사항을 결정하였고 준비하였지만, 회의를 마치고 나자 지금까지 준비한 사항이 모두 확실한지 의심이 드는 건 어쩔 수 없었다.

반격 작전을 준비하면서도 모든 준비 사항을 확실하게 준비했다고 믿었지만, 실행 직전까지도 의심하고 불안했기에 이 기분을 억누르려고 노력했다.

그래서 오랜만에 1시간 정도 시간을 비우고, 햇볕을 쬐며 산책하기 위해 경복궁으로 향했다.

일본이 점령했을 때에는 을씨년스럽던 경복궁이었지만, 낙선재의 상궁들과 연이 끊어지지 않았던 몇몇 상궁과 내시를 순정효황후가 직접 궁으로 불러들여 궁의 관리를 부탁한 덕분에, 크게 나아지지는 않았으나 어느 정도 온기가 느껴지는 궁으로 바뀌어 있었다.

경복궁으로 들어가 근정문을 지나 근정전 앞마당의 남동쪽 모서리로 천천히 걸어가자, 아직은 강한 9월의 햇볕이라 몸은 따가웠지만 눈부시게 느껴지지 않았다.

내 뒤로는 최지헌과 문서기록관, 무명이 따라왔다.

혼자 잠시 생각하겠다고 해서인지 모두 내게 말을 걸거나 하지 않았기에, 조용히 걸을 수 있었다.

광화문통은 거리를 오가는 사람으로 시끄러웠지만, 위원

회관을 넘어 경복궁은 조선 시대에 시간이 멈춘 듯 조용하기 그지없었다.

경복궁을 중심으로 오른쪽으로는 북악산, 왼쪽으로는 인왕산이 한눈에 들어왔다.

경복궁을 둘러싸고 있는 네 개의 산 중에서 두 개의 산이 경복궁을 호위하고 있는 모습이었다.

경복궁을 짓기로 한 정도전은 이곳을 정하며 어떤 생각이었을지, 그가 고려라는 나라를 무너트리기로 한 이유와 조선 왕조를 설립한, 또 이성계를 선택한 이유는 무엇이었을까 생각하게 하였다.

피가 이어지는 왕조가 그 시대에는 당연하였는데, 이성계의 피에서 어떤 면을 보았을까? 그리고 자신이 그 아들에게 죽을 것도 생각했을까?

누가 들으면 이런 상황에 한가한 생각을 하고 있다며 욕할지도 모르지만, 지금 내게는 아주 중요한 고민이었다.

근정전 앞마당 남쪽에서 생각에 빠져 천천히 걸음을 옮겼다.

시공간 안에서 마주쳤던 이우 공은 대한민국의 독립이 아닌 대한제국의 독립을 내게 부탁했다.

이우 공이 대한민국의 존재를 몰랐을 수도 있다.

임시정부가 있기는 했으나 수십 개의 독립운동 단체 중 하나였고, 중경의 임시정부가 완벽히 자리 잡아 대한민국이 만

들어지는 것을 보지 못해 대한제국의 독립을 부탁한 것일 수
도…….

아니면 그는 진짜 대한민국이 아닌 대한제국으로의 독립
을 부탁한 것일 수도 있다.

이름만 대한제국인지 아니면 진짜 황제가 이끄는 대한제
국을 말하는 것인지 고민이 되었다.

그리고 내가 또는 내 아들, 아니 그 후대까지 황실의 수장
으로 살아가며 전권을 휘두르는 황제여야 하는지, 아니면 입
헌군주국으로서 영국같이 '군림하지만 통치하지 않는다.'라
는 전제하에 이루어지는 국가가 되어야 하는지, 또 아니면
대한민국이라는 과거의 역사와 같은 공화제가 되어야 하는
지 쉽게 결정할 수 없었다.

황실이 독립된 대한에서 중요한 역할을 하고, 좌우로 갈
라지지 않고 한반도 안에 온전하게 국민을 위하는 하나의
정부를 만들겠다는 생각은 같았지만, 그 방법에 대해서는
내가 이 독립에 뛰어들면서부터 계속해서 해 왔던 고민이
었다.

물론 이우 공이 원했다고 하더라도 전제군주국으로 돌아
갈 생각은 전혀 없었다.

그건 성군이 있다면 좋을지도 모르지만, 핏줄로만 이어지
다 보면 폭군, 악군이 나올 확률이 높았고, 세 개의 정치 형
태 중 가장 나쁘다고 생각되는 정부 형태였다.

하지만 만약에라도, 아주 만약이기는 하지만 이우 공의 뜻과 다른 대한제국으로의 독립이 아닌 다른 독립이 이루어지면 다른 일이 생기지 않을까 하는 고민이 어느 순간 들기 시작했기에 그때부터 계속해서 고민해 왔다.

그리고 독립이 손에 잡힐 듯이 온 지금에 이르러서는 그 고민을 결정해야 하는 순간이 다가오는 것 같았다.

이미 입헌군주국으로 어느 정도 기반을 다지고 있지만 위원회를 거의 장악하고 있는 지금, 내가 마음먹고 전제군주국으로 돌아가려 하면 반발은 있겠지만 못 돌아갈 것도 없었다.

하지만 그게 시류時流에 맞는 일인지조차 알 수 없었다.

천천히 걸어가며 고민에 빠져 있을 때 햇볕이 있던 하늘이 빠르게 어두워지더니 갑자기 소나기가 내리기 시작했다.

"소나기입니다. 저쪽으로 모시겠습니다, 전하."

이미 생각하면서 천천히 걸어왔지만, 근정전 중앙을 지나 서쪽 담장에 가까워져 왔고, 최지헌은 소나기가 한두 방울씩 떨어지자 내게 다가와 경복궁 근정전 마당의 가장자리에 지붕이 있는 서쪽 담장으로 나를 안내하려 했다.

그의 말을 따라 자리를 옮기려 하는데, 한두 방울이 순식간에 세찬 비가 되어 내렸고, 경복궁 마당에도 물방울이 합쳐져서 물길이 만들어지기 시작했다.

"젖으십니다, 전하!"

최지헌의 재촉에도 왜인지 모르게 물방울에 눈이 갔다.

경복궁 근정전의 서남쪽에서 서서인지 마당 전부가 한눈에 들어왔고, 소나기로 만들어진 물줄기가 마당에 깔린 박석 사이로 빠져나가 각자의 길을 찾아서 내려갔다.

"괜찮네. 잠시 이곳에 있고 싶네. 아, 다들 지붕이 있는 곳으로 가도 괜찮네. 특히 기록관은 수첩이 젖을 것 같으니 저쪽에서 기다리게."

내 말에 기록관은 바삐 걸음을 움직여 서쪽 담장의 지붕 아래로 들어갔다.

하지만 최지헌이나 무명은 자신의 자리에서 전혀 움직이지 않고, 내 뒤에 서 있었다.

조그마한 물줄기는 빠르게 자신들의 길을 찾아가기 시작했다.

그 물줄기는 박석 사이를 지나 큰 물줄기가 되고 그 물줄기가 근정전 마당의 남쪽에 있는 나를 지나 빠르게 배수로로 빠져 들어갔다.

어떤 물이 먼저 가는 것도 아니고, 어떤 물이 밀어 내고 있는 것도 아니었고, 마치 자신의 길은 당연히 이곳이라는 듯 빠르게 빠져나갔다.

"전하, 고뿔에 드십니다. 자리를 옮기시는 것이 어떠십니까, 전하."

내가 수 분 동안 멍하니 물줄기를 바라보며 비를 맞고 있자, 최지헌에 다시 한 번 조심히 내게 다가와 요청했다.

"괜찮네. 한동안 답답한 기분이었는데, 이렇게 비를 맞으니 정신이 번쩍 드는군. 그런데 소나기치고는 하늘이……."

"지나가는 소나기가 아닐지도 모르겠습니다, 전하."

"일탈은 이 정도로 하고, 슬슬 돌아가지."

조금 복잡했던 머리가 자신의 길을 빠르게 찾아가는 물줄기를 보며 해답을 찾은 느낌이었다.

"준비하겠습니다, 전하."

내가 할 수 있는, 또 내가 해야 하는 일은 물길을 이끌어 가는 것도, 이끌려 가는 곳도 아닌 흘러가는 시류와 함께 나아가는 것이라 느껴졌다.

제국, 민국, 공화국, 입헌군주국, 전제적 군주국 중 어느 방향으로 갈지는 대한인들이 선택할 일이지, 내가 선택할 문제가 아니었다.

근정문으로 다가가자 잠시 없어졌던 최지헌의 손에 나무와 유지로 만들어진 우산이 들려 있었다.

그가 내 옆에 서서 하나의 우산으로 나만 씌워 주려 했다.

"주게. 내가 직접 들어도 되고, 개수는 충분해 보이니 각자 쓰고 가지."

"제가 들겠습니다, 전하."

"괜찮네."

최지헌도 내가 이렇게 나올 줄 잘 알고 있었는지 이미 사람 수에 맞춘 우산을 가지고 온 상태였다.

최지헌이 건넨 우산은 천도, 비닐도 아닌 종이에 기름을 먹여 대나무로 살을 만든 나무종이 우산이었다.

"준비되어 있는 것이 이것밖에 없어 송구합니다, 전하."

내가 우산이 신기해 가만히 바라보자 종이우산이 마음에 안 들어 본다고 생각한 최지헌이 내게 말했다.

이미 이런 것은 신경 쓰지 않는다는 모습을 여러 번 보여 주고 있었는데도 최지헌이 느끼기에는 그렇지 않았던 모양이다.

"아니, 잘 만든 우산이라 보고 있었네. 신경 쓰지 말게."

이미 몸은 속옷까지 다 젖어 버렸지만, 우산은 제대로 썼다.

"지금 대한인은 경성을 뭐라 부르고 있는가?"

위원회관으로 걸어가며 총독부를 위원회관으로 이름을 바꾼 것이 떠올라 경성도 바꿀 필요가 있다는 생각이 들었다.

"이전과 같이 경성이나 서울로 부르고 있습니다. 아직 대한제국 시절 이름인 한성이라고 부르는 사람은 거의 없는 것으로 알고 있습니다, 전하."

"서울은 분명 수도를 뜻하는 우리말이었지?"

"그렇습니다, 전하."

내게 경성은 서울이란 이름이 익숙했다. 수도를 뜻하는 순우리말이지만 내게는 서울이라는 지명이었다.

그리고 한성이라는 지명보다는 서울이라는 지명이 지금 사람들에게도 더 익숙해 보였다.

일본에서 사용하던 경성을 계속 쓸 수는 없었고, 새로운 이름을 생각해야 했다.

"서울, 좋지 않은가? 수도란 뜻도 있지만, 대한인에게 서울이 어디냐 물으면 지금의 경성이 당연하게 떠오르지 않겠나?"

"그렇습니다, 전하."

최지헌은 내가 하는 말은 거의 다 긍정적으로 반응하니 물어보는 게 의미가 없어 보였다.

내 뜻에 반대하는 사람이 있어야지 내 생각이 맞는지 아니면 틀리는지 가늠해 볼 수 있어 이 부분을 잘 알고 있는 사람이 누구인지 생각했다.

딱히 떠오르는 사람이 없어 고민하며 사무실로 돌아와 젖은 몸을 대충 씻고 옷을 갈아입으니, 무명과 다른 기록관이 내 방으로 들어왔다.

전하, 교통위원과 조선어학회의 이극로 간사장, 최현배 이사가 도착하였습니다.

"들여보내세요."

무명은 나가면서 자신이 적은 쪽지를 기록관에게 넘겨주었다.

쪽지를 받아 든 기록관은 사무실의 내 책상 옆에 마련된 기록관 자리에 가서 앉았고, 얼마 안 돼 독리와 나이가 지긋하게 든 두 사람이 들어왔다.

3장

두 사람은 의관은 정제가 되어 있으나, 오랜 투옥으로 거칠한 피부인 데다 얼굴에 피곤이 서려 있었다.

"어서 오세요."

"처음 뵙겠습니다. 조선어학회의 간사장 이극로입니다. 이쪽은 이사인 최현배입니다, 전하."

"반갑습니다. 이쪽으로 앉으세요."

내게 인사하는 두 사람에게 다가가 악수를 청하고, 그 후 사무실에 있는 소파로 안내했다.

"먼저 만남을 허락해 주셔서 감사합니다, 전하."

"아니에요. 이렇게 훌륭한 분들과의 만남인데 제가 더 영광이에요."

"감사합니다, 전하."

이극로 간사장은 내 말에 대답하면서 내 뒤에 앉아 수첩에 무언가를 계속해서 적고 있는 기록관을 힐끔거렸다.

"아~ 기록관입니다. 내가 하는 말을 모두 기록해 후대를 위한 자료로 남기고 있어요."

"현명하십니다, 전하."

최현배 간사는 놀란 표정으로 나를 바라봤다.

"우리 문화이니 당연하지요. 우리나라만큼 글과 기록을 중요시하는 나라도 없어요."

두 사람과 그간 고생한 일에 대한 치하 같은 덕담을 몇 마디 더 나누고, 본격적인 이야기를 하기 위해 자세를 고쳐 앉았다.

"자, 무슨 일로 저를 만나기를 청하셨나요?"

내 말에 두 사람은 눈빛 교환을 한 번 하더니, 이극로 간사장이 내 쪽으로 당겨 앉으며 말을 꺼냈다.

"조선어학회의 자료를 돌려받고 싶습니다, 전하."

"자료요?"

"우리말을 정리하고, 사전을 만들기 위해 전국에서 모은 우리말 자료가 있습니다. 이번 사건을 거치며 일본 경찰에 압수당했습니다. 그 자료의 행방을 알지 못해 전하께서 도와주시길 바라는 마음으로 찾아뵀었습니다, 전하."

나는 그 행방을 알지 못해 행방을 알고 있을 독리를 바라보자, 독리가 조심스럽게 서류를 꺼내 놓으면서 말을 꺼냈다.

"저도 요청을 듣고 확인해 보았는데, 함흥검사소에서 1차 재판이 끝나고 항소하기 위해 경성으로 이송되었다는 자료는 함흥에서 확인하였으나, 그 자료의 행방은 확인되지 않고 있습니다, 전하."

독리의 말에 두 사람의 안색이 하얗게 질렸다.

"어, 없, 없어졌다는 것입니까?"

최현배 간사가 떨리는 목소리로 더듬거리며 독리에게 말했다.

"확인 중에 있으나, 지금까지는 정확한 소재가 파악되지 않고 있습니다. 우리 직원들이 찾고 있으니 파쇄되지 않았다면 금방 발견될 것입니다."

최현배 간사가 너무 놀란 듯 보여 독리가 그를 다독이듯 말했다.

두 사람의 대화를 듣자 무언가 떠오를 듯 안 떠올랐다.

현대에서 분명히 이 내용을 어디선가 들었던 기억이 있었다. 정확한 기억은 없으나, 이때 모은 자료를 해방 이후 발견해 그 자료를 기반으로 우리말 대사전이 편찬되었다는 말을 들은 기억이 있었다.

"……."

내가 기억을 떠올리기 위해 한참을 말없이 인상을 쓰고 있자 다른 사람들도 내 눈치를 보면서 조용히 있었다.

"함흥에서 경성으로 옮겨지면 어느 기차역으로 들어오는 가요?"

"평라선을 통해 평양, 평양에서 경성역으로 들어오는 것이 일반적인 이동 경로입니다, 전하."

경성역, 서울역. 독리의 말에 서울역 창고에서 그 자료가 발견되었다는 말이 떠올랐다.

"경성역이라⋯⋯. 항소가 이루어졌으니, 경성으로 들어왔겠지요. 함흥에서 확인하고, 이곳의 요원을 몇 명 보내 경성역의 창고를 확인해 보세요. 그곳에 있을지도 모르겠네요."

확신은 없었다. 서울역의 벽 속에서 발견되었다는 기억이 떠올랐으나, 이게 정확한지 또 45년이 아닌 42년에 그곳에 있는지 확신이 들지 않아 최대한 두루뭉술하게 독리에게 말했다.

"확인하겠습니다, 전하."

두 사람에게 명확한 답을 줄 수 있었으면 더 좋았겠지만, 이미 많은 부분이 기존의 역사와 달라져 지금의 역사에서도 조선어학회의 자료가 서울역 창고에 남아 있으리라고는 확신하지 못했다.

만약 그곳에 없다면 내 눈앞에서 하얗게 질려 앉아 있는 두 사람의 핏기 없는 얼굴에 진짜 피가 사라질지도 몰랐다.

"용건은 그것이 전부인가요?"

아직 얼굴이 풀어지진 않았지만, 그래도 내가 직접 나서 자료의 행방을 찾도록 지시해서인지 조금은 나아진 얼굴로 나를 바라보는 이극로 간사장과 최현배 간사에게 물었다.

"저희가 찾아뵌 이유는 그것이 전부입니다, 전하."

뭔가 더 하고 싶은 말이 있어 보이는 얼굴이었지만, 두 사람은 서로 잠시 눈을 맞추더니 이극로 간사장이 대답했다.

"자, 그럼 내 용건을 말해야겠네요."

내가 용건이 있다고 말하자 두 사람은 놀란 눈이 되어 나를 바라봤다.

두 사람은 놀랐지만, 뭐라 대답을 하지 않아 내가 계속해서 말을 이어 나갔다.

"나도 두 분이 자료를 찾고 있다는 건 알고 있었고, 자료에 대한 말만 듣고자 부른 것은 아니에요. 일단 한 가지 두 분의 의견을 듣고 싶은데요. 경성역으로 들어왔는데, 그곳에 쓰여 있는 현판에 '京城驛(けいじょうえき)'라고 한자로 쓰여 있는 것을 보고 어떤 생각이 드셨나요?"

"경성역, 경성이란 글자의 뜻만 보면 서울 경에 도읍 성, 수도라는 뜻을 가진 두 한자이지요. 조선 시대에도 쉬이 쓰던 단어는 아니었으나, 여러 문헌에서 드문드문 발견되고 민간에서도 드물게 사용되어 아주 생소한 말은 아닙니다, 전하."

이극로 간사장이 내 질문에 대답했다. 최현배 간사는 뭔가 다른 의견이 있어 보였지만, 나서지는 않았다.

"그랬지요. 하지만 이극로 간사장도 '드문드문'이라 표현할 정도로 경성이라는 이름은 그리 널리 쓰이지는 않았고, 한민족의 수도라는 뜻인 한성과 이곳의 원이름인 한양 그리고 경京의 순우리말인 서울로 불렸지요. 또한, 일제가 강점하고 나서 경성이란 이름으로 불렸기에 경성이라는 단어에 안 좋은 기억이 있으니, 나는 이 경성의 이름을 다시 우리말로 환원하고 싶어요."

"한성부로 되돌리시겠다는 말씀이십니까, 전하?"

이극로 간사장이 놀란 목소리로 물었다.

"그것도 생각하지 않은 것은 아니나, 한성, 경성, 한양 전부 한자에서 유래된 말이에요. 우리가 한문을 수천 년 동안 써 왔지만, 우리말은 아니지요. 세종대왕께서 창제하신 한글이라는 우리의 글이 있고, 또 우리가 수천 년 동안 써 온 말이 있어요. 그래서 나는 서울이 좋다고 생각해요. 서울, 순우리말이고 수도를 뜻하지요. 우리나라에 수도가 두 개일 리가 없으니, 서울이란 말을 들으면 모든 대한인이 이곳을 떠올린다는 것도 한 가지 이유 중에 하나예요."

"……전하의 뜻은 잘 알겠지만 서울이라는 말은 지명이 아닌 수도를 뜻하는 일반명사입니다. 한 나라의 수도를 수도로 부르게 되는 것입니다. 물론 저도 수도를 경성으로 계속 부르는 건 적합하지 않다고 생각합니다. 그래서 제 생각에는 아예 다른 이름으로 만드는 것이 더 좋아 보입니다, 전하."

이극로 간사장은 내 말에 별생각이 없었고, 지금까지 말을 아끼던 최현배 간사가 조심스럽게 내 뜻을 반대했다.

"정확히는 서울은 수도를 뜻하는 일반명사라기보다는 우리나라의 수도를 뜻하는 일반명사라고 생각합니다. 도쿄나 충칭, 워싱턴을 보고 일본, 중화민국, 미국의 서울이라고 표현하지는 않으니까요."

"하지만 서울은 수도라는 뜻이옵니다. 도시 이름을 수도라 표현하기보다는, 경성부에서 변경하시겠다면 다시금 한성이라는 이름으로 되돌리는 것이 나아 보입니다, 전하."

최현배 간사가 계속해서 부정적인 의견을 표했다.

"한성이나 한양으로 되돌리는 것도 생각하지 않은 건 아니나, 지금 위원회가 추구하는 새로운 나라와는 맞지 않아요. 대한제국을 복원하겠지만, 광무 선황제께서 선포하셨던 대한제국과는 전혀 다른 새로운 나라가 될 것이에요. 그래서 재건위원회의 이름도 대한제국에서 황제의 나라를 뜻하는 제帝를 뺐어요. 또한, 이름을 아예 새롭게 만드는 것도 생각하지 않은 것은 아니나, 새로운 이름을 모든 사람에게 주지시키고, 변경하는 데에는 엄청난 사회적 비용이 들어갈 것이에요. 이런 말 하기는 가슴 아프지만, 지금 우리나라의 상황이 그런 사회적 비용을 감당할 정도로 튼튼하지는 않다고 생각되네요. 물론 경성에서 서울로 되돌리는 것도 어느 정도의 사회적 비용이 들겠지만, 경성이란 이름을 계속해서 사용할 수는 없고, 새로운 이름보다는 민간에서 널리 쓰이고 있는 서울이 조금 더 현실적이라 생각해요. 내 뜻에 동의하실 수 있는가요?"

두 사람은 한참을 내 질문에 대답이 없었다.

"흠, 흠."

망국의 왕족이었지만 지금은 재건위원회의 군주로 대한국 재건위원회가 점령한 지역에서 가장 영향력 있는 사람이 나였다.

그런 나의 질문에 5분 가까이 아무런 대답도 못 하는 두 사람의 태도가 문제가 있다고 생각한 독리가 헛기침으로 분위기를 순환시키며 그들을 잘못을 알려 주자 두 사람 중 이극로 간사장이 급히 말을 꺼냈다.

"특별히 반대하는 것은 아닙니다. 다만 지금 당장 결정하기에는 사안이 너무 중대해 뜻을 말씀드리기가 힘듭니다, 전하."

최현배 간사는 뭔가 더 고민하는 얼굴이었지만, 이극로 간사장이 최대한 두루뭉술하게 말을 마무리 지었다.

"알겠어요. 지금 당장 결정할 사항은 아니고, 앞으로 위원회의 공식 회의에서 안건으로 올려 의결을 거쳐 결정할 것이에요. 단지 우리말을 지켜 오신 분들이고, 이 분야에서는 전문가인 여러분의 의견은 어떤가 궁금해 물었어요. 그럼 다음 문제로 넘어가 볼까요? 두 분을 비롯한 조선어학회, 아니 이제는 우리가 독립 전쟁을 하고 있으니, '우리말학회'라는 말이 더 잘 어울릴 것 같네요. 아무튼 학회에서 우리말을 지키기 위해 노력하시고, 학생들을 가르친 노고를 보답하려 해요."

조선어학회의 이름을 우리말학회로 바꾸는 게 어떻겠냐는 약간의 의견과 함께 보답을 하겠다고 말하자, 두 사람은 이전에 서울에 대한 의견을 물어 잔뜩 굳은 얼굴에서 미세하게 기대감이 섞인 얼굴로 변하며 나를 바라봤다.

"보답 말씀이십니까, 전하?"

특히 이극로 간사장이 기대감에 찬 얼굴로 대답했다.

"그래요. 나는 일제 치하에서 우리 학생들에게 교육의 일선에서 우리말과 글을 가르치고, 우리말을 지키기 위해 노력하신 학회의 사람들이 대한국재건위원회로 합류해 위원회와 함께 국가의 기간基幹이자 백년지대계百年之大計가 될 교육의 기틀을 닦아 주셨으면 좋겠어요. 어떤가요?"

지금까지 위원회에는 나, 백범, 몽양 이 세 사람과 직간접적으로 연관된 사람들만 들어와 있는 상태였다.

아직은 탈환한 지 얼마 되지 않았고, 32년의 일제 치하에서 이제 막 벗어나기 위해 사투를 벌이는 상황이라, 특정 인맥으로 구성된 위원회에 대해 왈가왈부하는 사람은 없었다.

미국의 독립운동가와 소련 그리고 중국공산당의 지역에서
활동하는 사회주의 계열 독립운동가는 아직 한반도로 들어
오지도 못했고, 독립운동가 중에서 국내는 몽양, 중화민국
지역과 임시정부 쪽은 백범을 통해 위원회로 대부분 합류해
특별히 말이 나오진 않았다.

　하지만 정국이 안정되고 나면 세 사람의 계열에서 재건위
원회를 독점한 것에 대해 온갖 말들이 오갈 수 있어 지금부
터 국내에 몽양과 관련되지 않은 독립운동가들을 보듬어야
재건국을 선포할 때 부드럽게 진행할 수 있었다.

　그래서 우리 쪽과 상관이 없는 사람을 포섭해 위원회 곳
곳에 포진시키기로 위원장, 부위원장과 의논을 마친 상태
였다.

　그 시작으로 지금 우리에게 사람이 없어 이름만 있는 교육
과에 우리말학회 사람을 집어넣을 생각이었다.

　물론 우리말학회 출신이 독점하게 놔두지는 않겠지만, 다
수가 될 수는 있었다.

　하지만 교육과는 내무부 아래에 있는 부처라 조완구 내무
위원의 지시를 받아야 해 충분히 견제할 수 있었고, 몇 명의
우리 사람이 들어가 그들이 폭주하거나 위원회의 뜻과 전혀
다르게 나가는 것을 막으며, 후에 정식 정부가 되면 다시 한
번 부처 개편을 통해 독점을 해결할 예정이었다.

　"위원회의 뜻으로 봐도 되겠습니까, 전하?"

이극로 간사장은 내가 말했지만, 위원장과 부위원장의 뜻까지 확인하기 위해 조심스럽게 물었다.

"우리말학회의 재건위원회 합류는 내 사견이 아니라 백범 위원장을 비롯한 모든 위원회의 의견이고, 위원회 내에서도 충분히 의견 교환 후에 제안하는 것이에요."

두 사람은 내 뜻에 기쁜 얼굴을 하면서도 바로 하겠다는 대답을 하지 않고 망설였다.

"……이 자리에서 결정하기는 힘들어 보이니, 돌아가서 학회분들과 상의한 후에 오늘 오후까지 결정해 알려 주세요."

두 사람의 걱정을 덜어 주기 위해 웃으며 말했다.

큰 제안이었고, 내가 이런 제안을 할지 몰라 아무런 의견 교환도 되지 않은 상태였기에 그들에게 여유를 주었다.

"감사합니다, 전하."

이극로 간사장과 최현배 간사는 기쁜 얼굴로 동시에 대답했다.

두 사람과 대화를 마치고 내가 자리에서 일어나자 다른 사람들도 나가기 위해 일어나 내게 인사했다.

나는 인사에 답하고, 세 사람 중 가장 먼저 밖으로 나가려던 이극로 간사장을 불러 세웠다.

"간사장은 잠시 나와 대화를 좀 더 하지요."

"……알겠습니다, 전하."

갑작스러운 내 말에 이극로 간사장은 문 앞에서 인사하고 나가려다 의문스러운 얼굴로 대답했고, 최현배 간사는 잠시 머뭇거리다 독리와 함께 밖으로 나갔다.

독리는 내가 이극로 간사장에게 무슨 말을 할지 잘 알고 있어 빠르게 최현배 간사를 데리고 나갔다.

"이쪽으로 오세요. 그리고 기록관, 이 대화는 등급 외입니다."

"지시대로 하겠습니다, 전하."

문 앞에 어정쩡하게 서 있는 이극로 간사장을 불러 내가 앉은 탁자로 부르고, 기록을 위해 배석해 있는 기록관을 바라보며 말했다.

그러자 그는 비장한 얼굴로 대답했다.

기록물관리는 여러 등급으로 나뉘는데, 5등급은 제국익문사 사보를 통해 밖으로 즉시 알려지고, 아무나 열람할 수 있었다.

4등급은 위원회 내부에서만 열람할 수 있는 대외비. 1~3등급은 일정 등급 이상의 허가자만 열람할 수 있는 비문이었다.

또한, 1~4등급의 모든 문서는 문서의 내용과 성격에 따라 나눠 일정 기간 이후 대중에게 모두 공개되었다.

즉시 열람이 가능한 5등급과 문서의 성격에 따라 보관 기간(5년에서 최대 50년)을 거친 이후 대중이 열람할 수 있는 1~4

등급으로 나눴다.

마지막 최고등급의 비문으로, 군주의 문서 중에서 만들어지며 해당 군주의 생전에는 열람할 수 없고, 기록한 기록관과 자료를 최종 정리하는 기록국장도 확인 후 함구해야 하는 최고 보안 등급인 등급 외가 있었다.

등급 외는 과거 조선왕조실록과 비슷한 등급으로 보관되는 문서였다.

하지만 공개하는 조건은 조금 달랐는데, 조선왕조실록은 사초를 작성한 사관과 실록을 편찬했던 사관 등 해당 실록에 관련된 사람이 모두 죽고, 실록에 쓰인 내용과 직접 연관된 사람이 없을 때 열람이 가능해 당대 왕의 전대나 전전 대 왕의 실록을 열람하기는 거의 불가능했다.

반면 등급 외는 해당 문서의 군주가 죽고 나서 50년간 비문으로 보관하고, 이후 일반 공개가 가능했다.

조선왕조실록과의 차이는 정확한 기준과 기간이 있고, 기간이 지나면 대한국민이라면 누구나 열람할 수 있다는 것이다.

조선왕조실록과 등급 외 비문은 세부 사항은 다르지만, 문서가 작성될 때 자리에 있던 사람은 이 내용을 다시 살아서 볼 수 없다는 부분에서 같았다.

물론 아직은 기록국이 생긴 지 얼마 안 돼 모든 자료를 수집했지만, 공보하는 자료를 제외하면 수집할 뿐 딱히 열람할 수 있는 공간이 있지 않았고 계획만 수립된 상태였다.

"왜 혼자 남았는지 모르는 표정이군요."

당황스러운 얼굴로 서 있는 이극로 간사장에게 미소 지으며 물었다.

"그렇습니다, 전하."

"이 말은 비공개적으로 이극로 간사장에게만 하는 것입니다."

"경청하겠습니다, 전하."

"간사장이 '조선어학회'에서 활동하며, 우리말을 지키고자 했고, 우리말을 학생들에게 가르친 노력은 잘 알고 있어요. 하지만 간사장은 위원회의 교육과로 합류하지 않았으면 좋겠다는 말을 하기 위해 남으라고 했어요."

"……."

이극로 간사장은 조금 전 다른 사람들이 함께 앉아 대화할 때와는 분위기가 달라진 내 말투와 행동에 당황스러운 말까지 합쳐져서인지 아무런 대답도 하지 못하고 서 있었다.

"무슨 말인지 알겠나요?"

"전하, 송구하지만 연유緣由를 여쭤 봐도 괜찮겠습니까, 전하?"

이극로 간사장은 당황스러운지 떨리는 목소리로 내게 물어 왔다.

"조선문인협회에서 임원으로 활동하셨더군요."

내 말에 이극로 간사장은 아까는 당황이었다면 이제는 당혹스러운 얼굴로 대답했다.

"……그렇습니다, 전하."

그제야 이극로 간사장은 내가 왜 이런 말을 했는지 알아차린 목소리로 내게 대답했다.

"그것도 올해 7월 이전까지 문협의 임원으로 이름을 올리고 있었더군요. '지식인에게 고한다'와 '황국신민에게 고한다'라는, 문협 이름으로 나온 지식인과 우리 민족의 일왕을 위한 전쟁에 대한 지원 촉구와 선동, 참여를 종용하는 성명서에도 임원으로 이름이 올라가 있더군요."

"그, 그것은 자금 사정이 여의치 않은 학회의 자금을 마련하기 위한 불가피한 선택이었습……."

이극로 간사장은 내 말에 급히 변명하듯 대답했다.

이미 그 부분에 관해서는 제국익문사가 수 번 확인해 알고 있었기에 그의 말을 자르며 끼어들었다.

"이름이 들어갔던 것은 사실이지요."

"……그렇습니다, 전하."

이극로 간사장은 참담한 표정으로 변하며 한숨 쉬듯 중얼거리며 대답했다.

"이극로 간사장이 무슨 뜻을 가지고 문협에 있었는지, 또한 적극적으로 나선 것이 아님도 잘 알고 있어요. 그리고 성명서에 문협의 임원이라 이름이 올라가 있었지만, 성명서에 직접 서명하거나 작성하지 않았다는 것도 잘 알고 있어요. 하지만 분명 이름이 올라가 있고, 대한인에게 우리말을 지키기 위해 노력하고 학생을 가르쳐서 잘 알려진 이극로 간사장의 이름이 이 매일신보에 실렸던 것 또한 사실이지요."

절망적인 표정이었던 이극로 간사장은 내가 이해한다는 말투로 이야기하다가 사실을 가져와 말하니 순간순간 티를 내지 않으려 했지만 눈빛이 변하는 것이 느껴졌다.

"그렇습니다, 전하."

"명백한 부역 행위가 발견된 이상 위원회로 합류하기는 어렵다고 생각하지요?"

"민족을 위한다는 핑계로 했던 행동이 독이 되어 돌아왔습니다……. 하지만 어쩔 수 없었던 부분을 생각해 주셨으면 좋겠습니다, 전하."

이극로 간사장은 아주 조심스럽게 말했다.

그의 말은 내가 눈감아 주면 위원회로 합류해 열심히 일하겠다는 뜻을 내포한 듯 느껴졌다.

"첫 단추부터 잘못 끼우면 그다음은 방법이 없어요."

그를 위원회에 합류시킬 마음이 전혀 없었기에 여지를 주지 않았다.

다만 그가 지금까지 일제 치하에서 어떤 고초를 겪으면서 우리말을 지켰는지 잘 알고 있어서 마냥 궁지로 몰아넣기만

할 수는 없어 그를 위한 퇴로를 열어 주어야 했다.

"간사장께서는 지금처럼 우리말학회를 지켜 주셨으면 좋겠어요."

잠시 시간을 두고 내가 말하자, 이극로 간사장은 무슨 말을 할지 모르겠다는 표정으로 나를 바라봤다.

그래서 바로 이어 그에게 무슨 말인지 설명해 주었다.

"나는 간사장이 문협에서 활동했다는 이유로 낙인을 찍어 새로운 나라에서 민족 반역자로 살아가게 할 생각은 없어요. 하지만 분명히 말했듯 위원회로의 합류는 불가해요. 그렇다고 간사장이 지금까지 노력한 우리말을 지키고, 학생들을 위해 노력한 일이 사라지는 것은 아니지요. 나는 그래서 우리말학회를 황실에 소속된 연구회로 만들면 어떻겠냐고 생각했어요. 물론 학회의 대부분 사람은 교육과로 빠져나가겠지만, 지금까지 우리말을 지키고 우리말 사전을 편찬하기 위해 노력했던 간사장의 능력이라면, 도덕적으로 깨끗하고 좋은 학자들을 모집해 우리말 사전을 완성할 수 있다고 생각해요. 지원은 우리 황실에서 책임지고 해 줄 테니, 학생들에게 존경받는 학자로서 우리말을 지키고 연구해 주셨으면 좋겠어요."

내 말이 끝나자 이극로 간사장은 처음보다 편해진 얼굴이었지만 무언가 둑이 터진 것인지 그의 표정에서 정확한 감정을 읽을 순 없었다.

허탈, 해탈, 체념, 기쁨 어느 쪽인지 알 수 없는 오묘한 표정으로 나를 바라봤다.

"배려해 주셔서 감사합니다, 전하."

"아니에요. 일제 치하에서 고생하신 분에게 더 좋은 결과를 주지 못해 미안하군요."

"내치지 않아 주셔서 감사합니다. 전하의 뜻에 부응하겠습니다, 전하."

마지막으로 대답하는 그의 표정은 내가 확신할 수는 없었지만, 그래도 나쁘게 느껴지지는 않았다.

그렇게 대답을 하고 나서 이극로 간사장은 자리에서 일어나 밖으로 나갔다.

그런 그의 뒷모습을 바라보자 입안이 씁쓸해지는 느낌이었다.

일제 치하에서 그는 우리말을 지키기 위해 노력했고, 어쩌면 황족으로 많은 재산과 권력을 누리고 살았던 나보다 훨씬 더 훌륭한 사람이었다.

하지만 나, 백범, 몽양 세 사람이 공감하며 만든 원칙이 있었고, 그중에는 친일 행적을 가진 사람에 대해서는 새로운 정부의 일에 참여할 수 없도록 막기로 모두 동의했었다.

거기다 나는 시쳇말로 펜대를 휘둘러 친일 행각을 했던 놈들, 즉 언론인, 문인, 대학의 교수를 비롯한 교육계 종사자까지 그들에게는 더욱 엄격한 기준을 적용할 생각이었다.

그들은 무지에 의해 부역 행위를 벌인 게 아니라, 지식인으로 살며 우리 대한인이 어떤 대우를 받고, 어떤 참상이 벌어지는지 잘 알면서도 일본에 부역했던 사람이었다.

그리고 그런 글로써 이뤄진 부역 행위는 영향력이 훨씬 크고 중대했다.

하지만 이극로 간사장은 그들과는 조금 달랐다.

조선문인협회에 임원으로 등기된 것을 제외하면 어떠한 친일 행각도 밝혀지지 않았고, 문인협회 사람을 통해 돈을 모아 조선어학회의 자금을 충당하다 발각되어 구속된 사람이었다.

그래도 명백히 남아 있는 여러 신문과 잡지의 글이 있었다.

그가 직접 남긴 것은 아니었지만, 조선문인협회의 글에 본인 의지와 상관없이 임원이란 이유로 이극로 간사장의 이름이 서명되어 있었다.

첫 외부 영입 인사인데 부역 행위를 쉽게 확인할 수 있는 이극로 간사장이 포함되면 위원회 입장에서도 부담이 되었다.

'조선어학회' 자체는 영입하기에 아주 좋은 조건, 아니 한반도 내에서 활동한 몇 안 되는 민족 단체라 이극로의 부역 기록만 아니라면 최상의 조건이었다.

나는 친일 부역, 민족 반역 행위자에 대해 과거 조선왕조에서 반역 행위를 하였을 때처럼 3족을 멸하고 식솔을 다 죽이거나 하지는 않겠지만, 그 부역자와 자손 중에 부역자의 권력을 이용해 이득을 취한 경우 정부와 의회, 군대를 비롯한 모든 공직에 진출할 수 없도록 만들려 했다.

그렇게 여러 사람과 의견을 나눌 때 당시 임시정부의 주석이었던 김구 주석과 지하동맹 위원장인 여운형 위원장, 내 측근인 독리를 포함한 거의 대부분 사람이 당연히 내 뜻에 동의했고 지지했다.

그러나 단 한 사람 순정효황후의 오라버니이자, 미국에서 내 뜻을 따라 단파 라디오 방송과 미 정부 인사의 접촉을 담당하고 있는 윤홍섭 박사만은 우려를 표했었다.

너무 청렴하고 배타적인 도덕적 관점을 가지고 새 나라의 인사를 선발하면, 유능한 인사 중에서 배척되는 사람이 많이 나올 것이라는 우려였다.

30년이 넘는 긴 세월이었다. 그사이 변절하거나 적극적이지는 않아도 수동적으로 협조한 인사들은 셀 수 없을 정도로 많아 새 정부의 인사 등용에 걸림돌이 될 것이라는 우려였다.

하지만 나는 우리나라의 저력을 믿었고, 양심적으로 살아온 사람들로 새 정부의 인사를 채워도 충분할 것이라 확신하고, 윤홍섭 박사를 설득했다.

최종적으로 윤홍섭 박사를 설득했던 말은 조선, 대한제국이 망국으로 접어든 이유였다.

세계열강의 팽창과 쇄국정책으로 인한 고립, 조선이란 나라의 국력 쇠락, 군대 신식화의 실패도 있었지만, 조선, 고려를 비롯한 모든 나라가 망한 가장 밑바탕에 깔린 이유는 지배 권력의 부패와 타락이었다.

재건이라고 하지만 새로운 나라를 만드는 지금 타락한 부역자들과 유능한 인재 등용이라는 미명으로 타협하게 되면 새로운 나라의 첫 시작부터 불행의 씨앗을 잉태한다는 게 나의 말이었다.

그래서 능력도 중요했지만, 새 정부에서 가장 중요시되는 것은 정의감과 부역 행위에 대한 청렴함이라는 것을 명확히 했다.

지금 그것을 하지 못한다면 민주주의 정부가 세워진다 해도 선거로 선출되고 한정된 기간 동안 운영되는 민주주의 정부에서는 지금과 같이 개혁적이고 초법적인 조치가 불가능하다는 내 뜻을 윤홍섭 박사도 이해했다.

4장

　이극로와 대화를 마치고 창문 밖을 바라보자, 아까부터 쏟아지던 비에 시야가 멀리까지 보이지는 않았으나, 경복궁 전각의 기와지붕이 눈에 들어왔다.

　9월 말은 이미 장마와 한여름의 열기가 끝나고 가을로 접어드는 시기였는데, 갑작스럽게 내린 비가 여전히 쏟아지고 있었다.

　"이 시기에 원래 이리 비가 많이 오는가?"

　현대에 있을 때 아주 가끔이지만, 가을에 대형 태풍이 올라와 농민들에게 엄청난 피해를 안겨 주던 기억이 떠올랐다.

　특히 내가 의존할 수밖에 없는 이우 공의 기억도 도움이 되지 않았는데, 이 시대에 이 시기에는 대부분 동경이나 오사카에서 머물고 있어 태풍이나 늦은 장마가 생기는지 잘 알지 못해 방 안에 앉아 있던 기록관에게 물었다.

"장마 때만큼은 아니나, 이따금 비가 오기는 합니다. 하지만 이렇게 요란하게 오는 비는 처음 보는 것 같습니다, 전하."

기록관의 말이 끝나자 그의 말을 증명이라도 하듯 번개와 천둥이 요란한 소리를 내며 번쩍였다.

"큰일이군. 누구 있는가?"

하늘에서 내리는 비를 바라보다 오늘 오전에 계획했던 작전이 문제가 없는지 의구심이 들어 문밖으로 소리쳤다.

그러자 무명이 금방 방으로 들어와 고개를 숙였다.

"군사위원과 밴 플리트 작전참모와 대화하고 싶군."

무명은 고개를 숙이는 것으로 대답을 대신하고 밖으로 나갔고, 얼마 지나지 않아 무명이 밴 플리트 작전참모를 데리고 내 방으로 들어왔다.

조성환 군사위원은 앙졸라 작전 준비와 군산 탈환 작전 준비를 위해 용산으로 나가 있습니다. 위원회관으로 복귀하는 대로 찾아뵐 것입니다, 전하.

무명이 건네준 쪽지에 적힌 글을 확인하고, 그를 내보냈다.

"나는 통역이 필요 없네. 저기 저 친구에게 대신 통역해 주게."

작전참모를 따라 들어온 최지헌에게 기록관을 가리키며 말하자 그는 고개를 숙이고는 기록관 옆에 가서 앉았다.

"대령, 금방 다시 불러서 미안하네요. 몇 가지 확인할 사항이 있어서 불렀어요."

"말씀하십시오, 전하."

"이 시기에 이렇게 비가 오는 것은 드문 일이라고 하는데, 만약 이 비가 계속 오면 어떻게 되는 건가요?"

"무엇을 말씀하시는 것입니까?"

"비행기를 비롯한 모든 작전에 대한 거예요. 이 비가 만약 장마처럼 길게 이어지면 어떻게 되냐는 겁니다."

"……잘 모르겠습니다, 전하."

내 장마라는 단어가 제대로 뜻을 전달하지 못했는지 뭔가 못 알아들은 표정으로 대답했다.

나는 하늘이 심상치 않아서 물어본 것이라 자세히 설명하기 위해 말을 꺼냈다.

"우리나라에는 '장마'라고 해서 며칠 혹은 길면 1~2주 동안 전국적으로 비가 오는 기간이 있어요. 올해는 7 ,8월에 평년의 장마보다는 비가 적게 왔고, 그 늦은 장마가 지금부터 시작된다고 느껴져서 물어본 거예요."

"전국적으로 말씀입니까?"

밴 플리트는 이해가 되지 않는 표정으로 되물었다.

"미국같이 큰 나라에서는 이해가 되지 않겠지만, 우리나라와 같이 미국의 한 개 주 정도의 나라라면 전국적으로 비가 오는 것도 그리 이상한 일이 아니에요."

내 설명에도 잠시 생각하는 듯하더니 심각한 얼굴로 밴 플리트가 대답했다.

"만약 이 정도의 비가 전국적으로 지속되면 모든 전쟁이 소강상태에 들어갈 것입니다. 지금 진행하고 있는 작전도 중지될 것입니다. 이런 하늘이라면 전투기를 비롯한 거의 모든 비행기가 이륙이 힘듭니다. 위험을 무릅쓰고 이륙한다 해도 비행장이 계속 비가 온다면 착륙은 불가능합니다. 비행사의 시야가 확보되지 않고, 시야를 확보해 착륙을 시도한다 해도 물이 얇은 막을 형성해 미끄러질 가능성이 높아 너무 위험합니다. 또한, 강수량이 지금 수준으로 지속되여 한강의 물이 불면 여의도가 잠겨 비행기와 여의도 비행장 자체를 못쓰게 될 수도 있습니다. 여의도비행장, 아니 그때는 경성비행장이었겠군요. 경성비행장에서 근무했던 대한인 노동자를 통해 들으니, 2년과 3년 전 여름에는 아예 활주로가 물속에 잠기고, 한강 주변도 범람했었다고 했었으니 가능성이 없는 말이 아닙니다. 그리고 북쪽에도 이 정도 비가 오고 있다면, 조지 스미스 패튼 소장의 기갑부대가 압록강을 건너는 것에도 제동이 걸릴 것입니다. 물론 일본도 이 정도 비가 지속된다면 3만피트 이상 비행할 수 있는 비행기가 이륙해 구름 위로 비행한다 해도 한반도를 정찰하거나 공격하지는 못합니다, 전하."

밴 플리트 대령의 설명은 한마디로 모든 작전이 중단되고 일본과 우리가 아무것도 하지 못하는 소강상태로 들어간다는 것이었다.

"바닷길은 어떻게 되는가요?"

지금 내게 가장 중요한 것은 바닷길이었다.

일본의 공군 전력이 무섭다고는 하지만 블라디보스토크에서 출격하는 미군의 전투기로 충분히 견제할 수 있었다.

비행기로 대량의 병력을 실어 나르기에는 한반도 내에 제대로 된 활주로를 가진 곳이 몇 없는 데다 그 모든 활주로가 이미 우리 위원회와 미군의 관리하에 있었다.

그에 비교해 바닷길은 목포를 파괴했다고 하나 아직 부산, 진해 쪽의 항구가 일본의 수중에 있었고, 특히 대형 함선과 수송선의 접안이 가능한 부산항을 일본이 관리하고 있어 언제든 일본 본토의 병력이 한반도로 들어올 수 있었다.

"바닷길은 비가 얼마나 오는가보다는 바람과 조류, 파고波高에 영향을 많이 받습니다. 지금처럼 바람이 많이 불지 않고 비만 많이 오면, 큰 영향이 없을 것입니다, 전하."

"바람이 많이 불면 문제가 된다는 것이군요."

마치 하늘이 내 말에 호응하듯이 바닥으로 떨어지던 비가 바람에 휩쓸려 이따금 창문을 두드리기 시작했고, 얇은 유리로 되어 있는 창문이라 그 소리가 방 안 전체에 크게 들렸다.

"그렇습니다. 파도가 높으면 배가 뜨는 것뿐 아니라, 항구에 정박해 있는 것만으로도 배에 손상이 올 수 있습니다, 전하."

밴 플리트 대령도 창문을 두드리는 비바람에 그곳을 잠시 힐끗거리며 대답했다.

내 걱정이 괜한 것이 아니란 것을 보여 주듯 밖에서 창문을 두드리는 비바람의 소리가 조금씩 커졌다.

"사령관은 지금 어디 있나요?"

하늘의 상태가 심상치 않아 제임스 알렉산더 미 육군 사령관과 대화하기 위해 물었다.

모든 부분을 점검해야 했기에, 아닐 가능성이 높았지만 혹시라도 이 비가 계속해서 이어진다면 그에 대한 대책도 준비해야 했다.

"알렉산더 사령관은 지금 조성환 군사위원과 함께 용산의 사령부에서 군사작전을 보고 받으며 지휘하고 있습니다, 전하."

밴 플리트의 말에 왜 조성환 군사위원이 위원회관이 아닌 용산에 가 있는지 알 수 있었다.

그런데 자신이 모시는 사령관이 용산에 있는데 작전참모가 위원회관에 머무르고 있는 게 이상했다.

"작전참모는 왜 위원회관에 머무르고 있나요? 작전참모도 작전 회의에 참여해야 하지 않나요?"

"저도 용산으로 갔다가 교통위원에게 앙졸라 작전 관련해 사령관의 전언을 전하기 위해 잠시 위원회관으로 들어왔습니다. 현재 한국군과 미군은 모두 용산사령부로 이동해 있습니다, 전하."

"굳이 용산에 있을 이유가 있나요?"

먼 거리는 아니지만 그래도 차를 타고 10~20분 정도 시간이 걸리는 곳이어서 바로 옆은 아니었다.

그래서 미군이 연락관만 남기고 용산으로 이동하면 조성환 군사위원의 경우에는 오전에 위원회관으로 출근했다가 오후에는 용산으로 이동해 업무를 봐야 하는 불편함이 보여 물었다.

"알렉산더 사령관은 부대원들과 함께 생활하며 많은 장교의 의견을 경청하고 싶어 했고, 또한 지청천 총사령관을 비롯한 대한군과 미군 모두가 위원회관에 주둔하기는 현실적으로 한계가 있어 현재 주둔해 있는 용산에서 업무를 보기로 결정했습니다, 전하."

지청천 총사령관까지 나오는 것으로 봐서는 위원회와 어느 정도 교감이 있는 상태에서 용산에 사령부를 차린 것으로 보였다.

"알겠어요. 용산에 이곳의 일이 마치는 대로 내가 간다고 전언을 넣으시고, 그만 나가 보세요."

방 안에 있는 시계로 시간을 확인하고, 내가 출발할 수 있는 시간을 생각해 밴 플리트 대령에게 전했다.

"알겠습니다, 전하."

밴 플리트 대령이 밖으로 나가고 나서 무명을 불러 원래 예정되어 있던 오후 회의에 내가 참석하지 못함을 알리고, 위원회관을 나섰다.

위원회는 이제 막 시작했지만 이미 준비한 기간이 있어 체계는 정립되어 있었다. 그래서 내가 회의에 참석하지 않는다고 해도 정상적으로 회의가 진행되었기에 갑작스러운 결정이었지만 큰 걱정은 하지 않고 통보했다.

❈

밴 플리트 작전참모와 대화를 마치고 바로 용산으로 출발하려 했지만, 당장 확인해야 되는 서류들이 있어 오후 4시가 넘어서야 겨우 출발할 준비를 마쳤다.

위원회관 앞에 나오자 내가 탈 차가 대기하고 있었는데, 오전부터 내리기 시작한 소나기인 줄 알았던 비가 점점 더 요란해져 무명이 가져온 우산이 전혀 소용이 없을 정도로 옆으로 들이치는 비를 피해 급히 차에 올랐다.

"뒤차는 누구 것인가?"

서대문형무소를 다녀올 때는 내가 탄 차량 하나만 대기하고 있었는데, 이번에는 앞으로 한 대 뒤로 두 대, 내가 탄 차까지 총 네 대의 차가 대기하고 있어 물었다.

　내 질문에 옆자리에 앉은 무명이 아닌 조수석에 앉은 최지헌이 대답했다.

　"정보국에서 경성에서 일부 불순한 움직임이 포착되어 경호 등급을 올릴 것을 건의해 왔습니다. 중경에 계실 때보다 조금 더 엄중한 경호를 하게 될 것입니다. 앞으로 움직이실 때는 앞뒤로 한 대의 차에 여섯 명 이상의 제국익문사 요원이 호위를 담당할 것입니다. 그리고 가장 후미의 차는 미군 작전참모인 밴 플리트 대령의 차량입니다. 전하께서 용산으로 가신다는 말을 듣고 함께 복귀하기 위해 대기 중이었습니다, 전하."

　"불순한 움직임?"

　밴 플리트 작전참모에 대해서도 들었지만, 그보다 먼저 말한 불순한 움직임이라는 말에 더 집중되었다.

　"아직 가시적인 움직임은 없으나, 지하로 숨어들었던 민족 반역 세력 중에 일부가 생존을 위해 세력화되고 있다는 첩보가 있어 혹시 모를 사태에 대비한 것입니다. 아직 미미한 수준이고 정보국의 감시 아래에 있으니, 너무 큰 걱정은 안 하셔도 좋을 것입니다, 전하."

　"생존이라……. 심각한가?"

"일단 몇몇 곳에서 모임을 했다는 정보를 보고받았습니다. 아직 과격하거나 위험한 움직임은 없었습니다. 중심 세력은 파악하고 있으나 동조하는 세력이 어느 정도인지 정확히 파악되지 않아, 그들이 움직일 수 있게 놔두었다가 위험한 움직임이 있을 때 일망타진한다는 내부 작전을 수립한 것으로 알고 있습니다, 전하."

"함정이란 말인가? 위험하긴 하지만 경성 치안에 만전을 기한다면 그 위험성만큼 좋은 결과가 나올 수 있겠지만, 타초경사打草驚蛇가 되지 않게 주의하라 단단히 일러두게."

"알겠습니다. 독리와 치안대장, 정보국과 치안대에 어심御心을 전달하겠습니다, 전하."

"그리하게."

"그리고 이 서류는 전하께서 찾으셨던 것입니다, 전하."

"고맙네."

최지헌이 건네준 서류는 조선총독부가 매년 작성해 온 강우량 통계 자료였다.

그중에서 작년과 올해의 여름 장마 기간에 대한 강우량 자료를 확인했다.

자료를 빠르게 확인하고 고개를 들었을 때는 내가 탄 차가 서울역 앞을 지나치고 있었고, 창밖으로 우산을 쓴 몇몇 사람과 볏짚을 엮어 만든 우비를 입은 사람들이 눈에 들어왔다.

흙을 다져 만들어진 길은 아직 완벽한 진흙탕까지는 아니었지만 벌써 가장자리에 물이 고이기 시작했고, 일부 사람들은 이미 더러워져서인지 딱히 신경 쓰지 않고 걸어 다녔다.

서울역을 지나 한강 다리 근처로 갈수록 우비를 입은 사람의 숫자가 우산을 쓴 사람의 숫자보다 압도적으로 많아졌다.

"저 우의는 비를 잘 막아 주는가?"

"……짧은 시간은 기름 덕분에 어느 정도 막아 주나, 시간이 지나면 맨몸으로 다니는 것과 큰 차이는 없습니다, 전하."

내 뜬금없는 질문에 최지헌이 잠시 내가 뭘 보나 확인하곤 대답했다.

"우산이 비싸서 그런 것인가?"

서울역에는 우산을 쓴 사람이 많았는데, 차츰 걸어 다니는 사람이 많아지는 게 혹시 물 밖(한강 건너)에 사는 사람은 사대문 안에서 사는 사람보다는 경제적으로 여유가 없어서인지 궁금해 물었다.

"그런 부분도 있지만, 먼 거리를 걸어서 이동해야 하는 사람이라면, 종이에 기름을 먹여 만든 우산은 금세 망가져 상대적으로 튼튼하며 활동하기에 편한 우의를 이용합니다, 전하."

최지헌의 설명을 듣는 사이 어느덧 차는 마지막 민가를 지나쳐 허허벌판에 접어들었는데, 얼마 지나지 않아 검게 그을린 수십 개의 건물이 눈에 들어왔다.

세 명의 군인이 근무하고 있는 위병소에 잠시 멈추자 선두의 호위 차량이 위병과 대화했고, 우리 차는 별도의 검문 없이 위병의 경례를 받으며 부대 안으로 들어갔다.

부대 안으로 들어가자 이곳에서 벌어진 지난 경성 탈환전이 얼마나 치열했는지 한눈에 들어왔다.

비교적 건물과 아군의 피해가 적었던 위원회관 앞 전투와는 다르게 대규모 폭탄까지 사용한 치열한 전투여서인지 과거 내가 이 부대에 복무할 때에 사용했던 대부분 건물이 파괴되어 검은 숯과 그을림으로 뒤덮여 있었다.

연병장이었던 곳과 그 아래 부대 철책 밖이었던 공터에는 수십 개의 야전 천막이 쳐져 그 사이로 비닐로 된 우비를 입은 군인들이 오가며 빗물이 빠져나갈 수로를 열심히 파고 있었다.

밖에서는 봤던 사람들은 짚으로 만들어진 우의를 입고 있었지만, 천막 사이를 오가는 군인들은 비닐로 만들어진 판초 우의를 입은 상태로, 비를 맞으며 바쁘게 움직였다.

내 차가 천막의 한쪽 끝에 멈춰 서자 대여섯 명의 사람이 내 차 쪽으로 다가왔고, 그중 한 명이 내 차의 문을 열었다.

"첫 대한군 총사령부 방문을 경하드리옵니다, 전하."

익숙한 목소리가 들려 문을 열어 준 사람을 보니 대한군 총사령관인 지청천 장군이 직접 내 차 문을 열어 준 것이었다.

"지청천 총사령관이 정말 고생이 많습니다."

지청천 총사령관뿐 아니라 뒤에 알렉산더 미 육군 사령관도 있었지만, 지청천 총사령관에게 먼저 인사했다.

"이렇게 제대로 된 정규군으로 작전할 수 있다는 것만으로도 감사합니다. 이 모든 것은 전하의 홍복입니다, 전하."

지청천 대한군 총사령관이 웃으면서 대답했다.

"지 장군은 내 얼굴에 금칠을 해 주는군요. 내 도움이 아니라 이 모든 것은 여기 계시는 분들과 같이 자기 일을 충실히 해 준 모든 사람 덕분이에요. 나는 그곳에 동참해 내가 할 수 있는 일을 했을 뿐이에요."

지청천 대한군 총사령관을 비롯해 그 뒤로 보이는 조성환 군사위원과 노익현 교통부위원, 제임스 알렉산더 미 육군 사령관까지, 한반도 내에서 군을 휘두르는 모든 사람이 나를 환영하기 위해 비를 맞으며 기다리고 있었다.

그런데 여전히 하늘의 빗줄기는 약해질 기미가 보이지 않았다.

"방문을 환영합니다, 전하."

"감사합니다, 알렉산더 사령관. 일단 들어가서 대화하는 것이 좋을 것 같네요."

나를 기다렸던 사람들과 간단히 인사를 주고받은 후 웃으며 말했다.

"제가 안내하겠습니다, 전하."

마지막으로 인사한 조성환 군사위원이 대답했고, 그를 따라 차가 주차한 곳 근처의 막사로 들어갔다.

다른 곳보다 큰 크기의 막사로, 중앙에는 큰 탁자 위에 한반도를 비롯한 태평양까지 그려진 지도가 놓여 있었다.

막사의 안쪽으로 1인용 탁자가 보였고 구석에는 야전침대가 놓여 있었는데, 야전침대 옆 옷걸이에 3성의 견장이 보이는 옷이 걸려 있는 것으로 보아 이 막사가 회의실 겸 알렉산더 미 육군 사령관이 사용하는 곳이라 짐작되었다.

"이 궂은 날씨에 먼 길 오시느라 고생하셨습니다, 전하."

막사로 들어서자 알렉산더 사령관이 먼저 내게 말했다.

"회의하는 중이었나 보군요."

지도 위에 여러 종류의 작은 동전들이 수없이 올라가 있었고, 잠시만 둘러봐도 그것이 우리와 일본, 미국의 군대와 전력을 표함을 알 수 있어 물었다.

"그렇습니다, 전하."

조성환 군사위원이 나와 가장 가까운 쪽에 있어 대답했다.

내가 서 있는 상석을 중심으로 오른쪽에 알렉산더 사령관과 밴플리 작전참모를 비롯한 미군 네 명이 서 있었고, 왼쪽으로는 지청천 대한군 총사령관, 조성환 군사위원, 노익현 교통부위원 순으로 대한군과 대한국재건위원회 사람 네 명이 서 있었다.

"일단 다들 앉으세요. 그리고 어디까지 논의가 되었나요?"

지도를 보느라 잠시 서 있다가 내가 안 앉아서 다들 서 있어 웃으며 자리를 권했다.

"오늘 아침 전체 회의에서 논의되었던 부분에 대해 다시 한 번 확인한 이후, 일부 변경된 작전과 현재 진행 중인 작전을 논의 중이었습니다. 오전에 진행된 군산 탈환 작전이 우천 중이라 기존의 예정보다 점령이 늦어지고 있어 그 부분을 중심으로 보고받으며 작전을 논의 중이었습니다, 전하."

조성환 군사위원이 자리에서 일어나 지휘봉으로 지도의 군산 지역을 가리키며 설명했다.

군산의 지도 위에는 일본 엔화 동전이 세 개 놓여 있었고, 미국 센트화와 융희라는 연호가 적힌 대한제국 시절 동전, 열 개가 군산의 북쪽과 동쪽에 놓여 있었다.

세 개의 융희 동전과 한 개의 미국 센트화는 군산 시내 바로 옆에 일본 엔화 동전 세 개와 맞붙어 있었으며, 각각 한 개의 융희 동전과 센트화가 군산항 위에 놓여 있었다.

"지도상으로는 우리가 군산항을 점령했군요."

지도 위에 놓인 각각의 동전이 일본군과 대한군, 미국군을 의미한다고 생각되어 말했다.

"1시간 전 보고에 따르면 대한군과 미군 각 50명을 차출해 총 1백 명으로 편성된 부대가 후방 침투 후 항만 시설을 경비하던 적군, 일단 노획한 서류에서 확인한 바에 따르면 40명으로 구성된 경비대 중 12명을 사살하고, 21명을 생포 후 본격적인 무장해제에 들어갔습니다. 이곳과 달리 군산은 이미 아침 일찍부터 비가 오기 시작했고, 현재는 시계가 확인할 수 없을 정도로 많이 오고 있어 적군의 정확한 총원은 확인하지 못했습니다. 그래서 아직 군산항 안에 숨어 있을지도 모른다는 가정하에 수색 중입니다, 전하."

"서류가 정확하다면 7명의 적군이 파악되지 않았네요."

"그렇지만 걱정하실 정도는 아닙니다. 항만의 주요 부분을 점령하였고, 정박해 있던 모든 화물선의 선교船橋를 점령해 바다를 통한 도주는 원천 차단하였습니다. 확인되지 않은 일본군 일부는 아직 교전이 벌어지지 않은 군산 시내로 도주한 것으로 예상합니다, 전하."

조성환의 설명을 듣는데 계속 듣다 보니 위화감이 들었고, 이내 처음 작전 수립할 때와 작전 진행 내용이 전혀 다른 것을 알 수 있었다.

"첫 작전 수립할 때에는 군산 시내부터 시작해 적들이 군산항으로 도주하도록 유도하고, 그곳에서 일망타진한다는 계획이 아니었나요?"

내 질문에 조성환 군사위원이 송구스럽다는 표정으로 대답했다.

"일본군은 '프로젝트 반격' 이후 우리 군에게서 한반도를 탈취하는 것이 올해 추수 전후로는 쉽지 않다는 판단을 한 것으로 정보국에서 파악했습니다. 그래서 호남평야에서 일찍 추수해 쌓여 있는 미곡을 일본 본토와 중국, 동남아 전선으로 반출하기 위해 근해에 있던 미곡선이 급히 군산항으로 모여들었습니다. 이 부분이 정보국에서 금일 오전 조회 이후 급보로 이곳으로 전달되었습니다. 정보국에서 확인한 바로는 군산항으로 모여든 미곡선은 반격 작전 바로 다음 날부터 군산 시내와 군산항의 미곡 창고에 쌓여 있는 미곡을 빠르게 선적하기 시작했는데, 미곡선에 선적을 완료하기 전 금일 오전부터 비가 내려 선적을 중단했습니다. 아직 미곡선을 가득 채우지는 못했으나, 이미 상당량의 미곡을 선적한 것으로 파악되었습니다. 정보국은 군산에 있는 일군과 일경이 우리 군이 군산항으로 접근하는 중임을 파악했고, 오전부터 시작한 비가 지속되면 선적한 미곡만 싣고 출항할 수도 있다는 의견서를 전해 왔습니다. 그래서 긴급 군사작전 회의로 금일 있을 예정이던 군산 점령 작전의 세부 사항을 변경, 군산항을 먼저 점령해 미곡 반출을 우선 막고, 이후 시가전을 통해 군산시를 점령하고 무장해제에 들어가기로 의결했습니다. 미리 의견을 구하지 못해 송구합니다, 전하."

"아니에요. 이미 위원회 규정에서 보장된 권한이고 위원회에 보고되지 않았다고 문제가 되는 것은 아니에요. 이곳에 계신 분들은 충분히 그만한 권한이 있어요. 그럼 언제부터 군산 시내로 들어가나요?"

위원회에서 큰 틀의 임시 헌법과 같은 규정을 수립했고, 그중에는 이번 전쟁 간에 긴급 상황이라 판단된 경우에는 대한군 사령관과 군사위원, 두 사람의 합의로 작전을 변경할 수 있다는 부분이 있었다.

물론 이번은 연합작전이지만 연합군의 육군 대표인 미 육군 사령관 알렉산더도 함께 논의한 사항이라 절차상 하자가 없었다.

"가장 중요한 군사시설인 군산항을 점령했고, 군산에서 외부로 나가는 전화를 비롯한 모든 연락선을 모두 끊은 상태라 빠른 진입은 고려하지 않고, 현재 유지되고 있는 대치 상태에서 민간의 피해가 가장 적은 형태로 진행할 수 있도록 작전을 논의하고 있습니다. 시가전은 병력의 우위를 점하고 있다 해도 상대가 먼저 숨어들어 버티는 중이라 우천 시 잘못 접근하면 아군의 피해가 크다는 미군의 의견에 따라 언제 진입할 것인지에 대해 논의 중입니다, 전하."

"지금 우리와 대치하고 있는 일본인이 헛짓거리를 하지는 않을까요?"

서울 작전에서 대치가 길어지면 종로경찰서처럼 조선인에 대한 대량 학살이 일어날 수도 있다는 생각이 들어 물었다.

"그 부분은 걱정하지 않으셔도 됩니다. 군산항부터 치면서 군산 시내를 전광석화로 점령하는 걸로 작전이 변경된 이후, 정보부에서 우리 군이 근처에 도착했다는 소문을 군산 시내에 뿌려 일본군도 군산경찰서를 중심으로 하는 관공서에 집결해 대항할 준비를 할 뿐, 그들이 군산 시내 전역에 영향력을 미치고 있지 않아 다른 일을 도모할 수는 없습니다, 전하."

"군사작전에 관해서는 여기 있는 분들이 위원회 내에서 가장 전문가분들이니, 정보국과 긴밀히 협조하며 진행하세요."

"말씀대로 하겠습니다, 전하."

내 당부의 말에 지금껏 설명하던 조성환 군사위원이 아닌 지청천 총사령관이 대답했다.

군사위원까지 자신의 자리에 앉고 나자 다들 궁금한 표정으로 내 입만 바라봤다.

내가 이곳에 온 것은 기존에 계획되어 있던 일도 아니었고, 내가 대한군과 미 육군의 진지를 격려를 위해 방문하기에는 오늘 비도 많이 오고 날이 좋지 않았다. 그래서 특별한 일이 있어 방문한다고 생각했는데 아직 특별한 말을 하지 않아 다들 말없이 내 말을 기다리고 있었다.

통역을 통해 내 말을 듣던 알렉산더 사령관만 그나마 밴 플리트 작전참모와 내가 어떤 부분에서 대화가 막혔는지를 전했는지, 내가 먼저 말하기를 기다리긴 했지만 다른 사람들처럼 의문스러운 표정은 아니었다.

"사실 오늘 온 것은 지금 오고 있는 이 비 때문이에요. 우리나라 사람이라면 잘 알고 있겠지만, 우리나라에는 장마라는 시기가 있습니다. 하지만 올해 여름 장마에는 강수량이 예년例年보다 적은 수준이 아니라 거의 없었다고 보일 정도로 짧은 비가 왔었다고 확인했어요."

내 말에 내 뒤에서 서 있었던 최지헌이 내게 보여 준 통계 자료와 같은 자료를 참석자들에게 나눠 주었다.

"이 자료를 봐도 작년 동기간에 온 비에 비교할 수 없을 정도로 적은 양이 왔어요. 그래서 나는 지금 저 밖에 내리는 비가 늦은 장마가 시작된 게 아닌가 생각해요. 어떤가요?"

"그 부분에 관해서는 우리 작전참모가 말하겠습니다, 전하."

지금껏 나와 조성환 군사위원이 주고받는 대화를 통역을 통해 듣고만 있던 알렉산더 사령관이 먼저 말했다.

내가 고개를 끄덕이자 밴 플리트 작전참모가 자리에서 일어나 상황판에 큰 전지를 붙였다.

"일단 위원회관에서 전하의 의견을 경청한 이후 본토와 진주만의 연합군사령부에 도움을 받아 몇 가지를 확인했습니다. 지금 현재 오고 있는 비는 장마보다는 적도에서 발생한 태풍Typhoon이 북상하면서 생기는 비입니다. 현 시각 모든 연합군의 선박이 태풍의 영향권 밖에서 작전을 준비하는 상태이고, 블라디보스토크의 비행단도 초계기를 제외한 모든 전투기, 폭격기가 회항했으며, 초계기 또한 태풍의 영향권 밖에서 혹시 모를 사태에 대비한 초계비행만 하고 있습니다. 여의도 비행장의 전투기, 폭격기는 김포비행장의 배치 한계까지 이동 배치했고, 나머지는 블라디보스토크로 이동했습니다. 여의도비행장의 초계기도 마지막 작전에서 복귀한 초계기까지 전부 김포비행장으로 옮겨졌습니다. 또한, 전하께서 지적하셨던 부분인 예년보다 비가 적게 온 것은 이곳의 자료를 미국으로 보내 확인이 필요한 부분이라 며칠 정도 더 지켜봐야겠습니다. 급한 대로 대략적인 자료를 살펴본 기상학자들의 의견으론 지금까지는 장마라고 보기는 힘들다고 판단했습니다. 장마보다 더 중요한 것은 지금 적도에서 생기는 태풍이 한 개가 아니라는 데 있습니다."

"한 개가 아니라고 했습니까?"

조성환 군사위원이 통역을 통해서 이야기를 듣고 있다가 놀란 듯 외쳤고, 통역이 곧바로 그의 말을 영어로 통역했다.

"그렇습니다. 아직 정확히 확인하진 못했으나, 지금 한반도와 큐슈, 혼슈 관서 지역까지 영향을 주고 있는 태풍이 있고, 그 외에도 적도 부근에서 최소 한 개 이상의 태풍이 연속해서 북상 중으로 예상됩니다."

통역의 말을 들은 밴 플리트 작점참모가 차분하게 대답했다.

"그렇다면 최소 며칠간은 태풍의 영향권으로 비와 바람이 분다는 것이군요."

머릿속에서 이게 지금 우리에게 좋은 일인지 아니면 나쁜 일인지 정확히 판단이 서지 않아 중얼거리듯 말했다.

영어가 아닌 우리말이어서 최지헌이 급히 영어로 통역해 미군 장교들도 알아들을 수 있게 했다.

"일단 우리 군으로서는 좋은 일입니다, 전하. 태풍이 올라오고 비바람이 계속된다면, 파고가 높아져 태풍이 지나가더라도 1~2일간은 선박의 운항이 불가능합니다. 특히 정보국에서 작전을 준비 중인 부산은 시간을 벌어, 우리 계획보다는 조금 늦어지겠지만 일본의 간섭에 대한 걱정 없이 작전을 수립, 진행할 수 있습니다, 전하."

지청천 사령관은 내가 고민하는 것이 무엇인지 알아채고는 옅은 미소와 함께 내게 말했다.

"다행이군요."

내 대답과 동시에 통역의 말을 다 들은 밴 플리트 작전 참모가 자신이 가진 종이를 몇 장 넘기고는 다시 말을 시작했다.

"그렇습니다. 대한군 총사령관께서 말씀하신 것과 같이 실제로 일본과 시간 싸움을 하고 있던 부산의 상황은 우리에게 유리하게 전개될 것으로 예상합니다. 물론 계속해서 비가 온다면 시가전과 잔존 일본군의 무장해제에 어려움이 있는 것은 사실이나, 일본 본토의 지원에 대한 걱정 없이 작전할 수 있으니 하늘이 우리를 돕는다고 생각됩니다, 전하. 그리고 지금부터 말씀드릴 사항은 아직 태평양 함대와 블라디보스토크에서 정확한 확인 작업 중이기는 하나 상당히 구체적인 정보가 금일 여의도비행장에서 이륙해 초계하던 아군 비행사한테서 들어왔습니다. 태풍이 북상하기 전 이륙해 구름 위에서 초계비행을 하던 초계기가 기존 예정되어 있던 초계 지역보다 조금 더 나아가 대한해협(Corea Strait)으로 생각되는 지점까지 초계하던 중 구름이 잠시 걷힌 사이로 대한해협으로 짐작되는 바다를 보았는데, 그곳에서 배의 파편으로 보이는 조각들을 육안으로 확인했다고 합니다. 파도가 높아 정확하지는 않으나 대형 선박의 파편으로, 침몰 후 남은 잔재로 보인다는 게 초계기의 비행사 의견이었습니다. 이를 3시 경 김포비행장으로 귀환한 비행사가 연합군 총사령부에 보고하기 위해 보고서를 가지고 의원회관으로 왔고, 곧 연합군 사령부로 보고되었습니다."

밴 플리트의 긴 설명이 끝나자 의문이 들었던 부분을 질문했다.

"잠깐, 대형 선박이라 했나요?"

내가 알기로 연합군의 선박은 아직 대한해협에 진출한 적이 없었다. 그렇다면 일본군의 선박인데, 그 부분에서도 조금 이상한 점이 있었다.

"그렇습니다, 전하."

"우리 군의 선박도 아니고, 일본 본토에 숨어 있는 해군의 대형 선박이 지난번 전투 말고도 또 있었나요?"

내 질문의 대답은 밴 플리트 작전참모의 입이 아닌 지금껏 침묵을 지키고 있던 노익현 교통부위원의 입에서 나왔다.

"더는 없을 것입니다. 첫 작전에서 나가사키에서 나왔던 초대형 전함의 경우 건조 시작부터 발로 가려져 배가 완성되었는지 확인하지 못한 상태라 실수가 있었습니다. 그 사건 이후 절치부심切齒腐心한 독리와 OSS 양측에서 일본에 있는 요원과 연줄이 닿는 대한인을 총동원해 다시금 하나하나 확인하였으나, 현재 건조 중이라 미완성인 선박을 제외하고는 대형 전함은 없는 것으로 확인했습니다, 전하."

노익현 교통부위원은 반격 작전 첫 단추부터 꼬이게 했던 초대형 전함이 떠올라서인지 굳은 표정이지만 자신감 있는 목소리로 내게 말했다.

"그럼 이번에 침몰한 선박에 대해서는 다들 짐작 가는 것이 없나요?"

"확실한 것은 조금 더 확인해야지 알 수 있을 것 같습니다, 전하."

내 물음에 밴 플리트 작전참모가 대답했고, 그의 대답이 끝나자 노익현 교통부위원이 조심스럽게 이어서 말했다.

"그 부분에 대해서는 정보부에서 몇 가지 일본의 대응에 대해 가설을 세운 것 중에서 예상할 수 있을 것 같습니다. 아직 가정이기는 하지만 우리가 경성을 탈환한 이후 일본의 대응이 너무나도 소극적이고, 조용하게 진행되었습니다. 연합군이 경성을 직접 타격할 것이라 예상하지 못했고, 홋카이도와 사할린, 태평양까지 동시다발적으로 여러 곳을 타격해 내부 작전을 수립하는 기간이 필요했을 거라고 예상하지만, 그 모든 것을 고려해도 정보국에서는 지금쯤이면 한반도에 대해서 군사작전을 전개할 준비가 선행되어야 하는데 아무런 움직임이 없어 이상하게 생각 중이었습니다. 그런데 이미 우리의 이목을 피해 군사를 준비해 한반도로 진입하려 했다면, 지금 남해에서 보인 대형 선박의 침몰 흔적은 일본 육군이 운영하는 수송선이 아닐까 생각됩니다. 물론 이것은 정보부에서 세운 수십 가지의 가설 중에 하나에 불과하고, 앞으로 소상히 확인해야 하는 부분입니다, 전하."

내가 듣기에도 가설에 지나지 않았다.

이 시대의 기상 예측 시스템이 어느 정도 정확성을 가졌는지는 모르나, 일본 제국은 이 시대에 최첨단 기술을 갖춘 몇 안 되는 나라다. 그런 일본에서 태풍이 올라오는데, 본토의 병력을 실은 수송선이 한반도로 진입하기 위해 출항했다가 침몰할 확률이 얼마나 될지.

노익현 교통부위원의 희망 섞인 말이 나는 조금 회의적으로 다가왔다.

"그렇다면 좋겠군요. 연합군 사령부에서 진상을 파악하는

데 얼마나 걸릴까요?"

노익현 교통부위원도 이번 정보국의 가설이 수십 개 중에 하나라는 것을 잘 알아서인지 크게 내 대답에 실망하지 않았다.

내 질문을 받은 밴 플리트 작전참모는 금방 대답했다.

"기상이 좋다면 하루 이틀이면 충분히 파악하겠지만, 지금 상태라면 날씨가 잦아들 때까지 수일은 걸릴 것입니다, 전하."

"빠르면 좋겠지만, 불가항력적인 부분이니……. 다들 이 비가 진짜 장마이면 최소 1~2주 정도로 길어질 수도 있다는 것도 예상하면서 여러분들이 주도적으로 작전을 수립하고 진행해 주세요. 이미 공격적인 작전으로 나가기로 했으니, 부산부터 만주국까지 빠르게 일제의 잔당을 물리치고, 일본과의 결전을 준비합시다."

내가 가장 궁금했던 부분인 장마에 대해 확답을 듣지는 못했지만, 지금 태풍이 올라오고 있다는 말과 연합군 사령부에서 더 정확히 확인 중이라는 말을 들어서 궁금했던 부분이 어느 정도 해결되었다.

그래서 이미 그 부분을 고려하고 있는 작전참모의 말에 안심하며 자리를 마무리하려 말을 정리했고, 지청천 총사령관이 대표로 대답했다.

"전하의 말씀대로 철저히 준비하겠습니다, 전하."

"그럼 다들 바쁘고 앞으로 작전을 수립해야 하니 나는 이만 위원회관으로 돌아가겠어요. 내일 봅시다."

이 자리에 있는 대부분은 아침 회의에 참석하는 사람이었기에, 웃으며 자리에서 일어났다.

5장

 내가 자리에서 일어나자 다들 따라 일어나 나를 뒤따랐
다.
 막 천막을 벗어나려 할 때 내 뒤에서 따라오던 알렉산더
미 육군 사령관이 내게 바짝 붙어 조용히 말했다.
 "잠시 대화를 좀 했으면 합니다."
 그의 말에 뒤를 돌아보니 다른 사람들은 궁금한 표정으로
서 있었고, 내 바로 뒤에 나보다 키가 한참은 더 큰 알렉산
더 장군이 내 얼굴 높이까지 고개를 숙여 나를 바라보고 있
었다.
 "말하세요."
 "잠시만 이쪽으로……."

그는 내 허락이 떨어지자 나를 천막 밖으로 이끌었고, 최지헌이 급히 뛰어와 내게 우산을 씌워 주었다.

밴 플리트 작전참모를 비롯한 모든 사람이 무슨 일인지 알지 못해 궁금한 표정으로 우리를 바라봤지만, 알렉산더 장군의 행동이 뭔가 자신들이 없이 대화하고 싶은 것처럼 보여서인지 따라오지는 않았다.

그래서 우산을 가지고 나를 따라오려던 최지헌에게서 우산을 넘겨받으며 말했다.

"이곳에서 기다리게."

"알겠습니다, 전하."

천막에 있던 모든 사람을 물리고 건너편 천막으로 넘어가자, 천막 밖에서 천막을 호위하던 군인과 내 경호원 들은 급히 맞은편 천막으로 이동했다.

물론 그들이 안으로 들어오거나 하지 않아 비가 내리는 지금 천막 안의 대화를 엿들을 수는 없었다.

"무슨 일인가요?"

회의실로 쓰이는 곳인지 중앙의 큰 탁자와 의자를 제외하고는 아무것도 없는, 휑하게 느껴지는 천막 안에 들어서자마자 알렉산더 장군에게 물었다.

주위의 참모를 비롯해 군사위원인 조성환과 대한군 총사령관인 지청천 장군까지 없는 곳에서 해야 하는 말이 무엇인지 궁금했기에, 그가 입을 열기를 기다렸다.

그는 천막 안으로 조금 흘러들어 젖어 있는 땅을 잠시 발로 다지면서 생각을 정리하더니 잠시 후 나를 바라봤다.

"전하께서 OSS에 화학과 생물학을 이용한 대량 살상 무기를 개발하고 있는 일본군 부대가 만주와 중화민국 일본군 점령지에 존재한다는 첩보를 전했다고 들었습니다, 전하."

알렉산더 장군이 건넨 말은 전혀 생각지도 않았던 부분이었다.

731부대로 통칭하는 인체 실험과 그 실험을 통해 살상 무기를 만드는 부대와 그 부대의 실험을 돕는 부대를 찾아내기 위해 제국익문사의 연락망을 회복시킨 다음부터 은밀히 조사를 진행해 왔지만, 마지막 보고에서도 아직 정확한 부대 위치와 규모를 알아내지 못했던 부분이었다.

오히려 예전에 실종된 두 명의 요원들 이외에 추가로 투입된 요원 중에서도 세 명의 요원들이 더 실종되어 생사가 불명하다고 보고받았다.

그래서 제국익문사 단독으로 추적하기에는 무리가 있다고 판단해 우리가 수집한 첩보로 위장해 OSS에 넌지시 넘겨주었는데, 그런 부대에 대해 알렉산더 장군이 말해서 나는 놀라며 물었다.

"731부대를 말하는 것인가요?"

"생체 실험이 행해지고 있는 곳으로 짐작하는 그곳이라면 맞습니다. 그 부분에 대해 OSS와 미 육군이 조사해 첩보에 나와 있는 이시이 시로가 부대장으로 있는 부대를 찾아내기 위해 노력했고, 나름의 성과를 얻었습니다. 해당 부대는 하얼빈에 '관동군関東軍 검역급수부検疫給水部 본부本部'라는 이름으로, 일본군의 방역과 물 관리, 물 정수를 중점적으로 연구하고 지원하는 부대에서 이시이 시로라는 인물을 찾았습니다. 그리고 그 부대를 면밀히 관찰한 결과 몇 달 사이에 수천의 포로가 이송되어 들어갔는데 단 한 명도 밖으로 나오지 않았고, 방역이나 급수, 물 정수에 관련된 부대인데 다른 부대를 지원하는 모습이 한 번도 발견되지 않는 등 전하께서 말했던 첩보와 거의 일치했습니다. 그리고 그 이외도 베이핑과 난징, 장춘에서도 검역소, 제재소 등 다양한 형태로 위장한 부대를 발견했습니다, 전하."

"일본군에 이시이 시로라는 사람이 여러 명은 아닐 테니 우리의 첩보에 있었던 그 부대가 맞겠군요."

"그렇지는 않았습니다. 실제로는 우리가 파악한 것만 네 명이 넘었습니다. 물론 부대장급에 생체, 세균 실험을 주관할 수 있는 계급과 능력을 갖춘 사람은 한 명뿐이었지만, 그에 대한 정보가 기밀로 취급돼 파악하는 데 예상보다 시간이 걸렸습니다. OSS에서도 정확한 확신을 가질 때까지 부대를 파악했고, 오늘 요원이 그 정보를 가지고 왔습니다. 그 요원을 부르겠습니다, 전하."

이시이 시로의 정확한 한자 이름을 알지 못해 히라가나로 알려 주어서 여러 명이 나왔다고 생각됐다.

알렉산더 장군은 말을 마치고, 내가 고개를 끄덕여 허락하자 그가 입구로 다가가 누군가를 불렀고 금세 입구가 소란스러워졌다.

"들여보내게."

문밖에서 들리는 소리로 내 경호원들이 천막 안으로 들어오려는 사람을 막아섰다는 것을 알아채고 소리치자 금세 우리가 들어왔던 입구로 누군가 걸어 들어왔다.

입구로 들어온 사람은 다른 군인들과 다르게 군복이 아닌 평범한 일상복을 입었으며 손에는 두꺼운 서류 뭉치를 가지고 있었다.

"OSS 중화민국 담당 요원 얀 쟈오입니다. 만나 뵙게 되어 영광입니다, 전하."

평범한 복장에 평범한 얼굴, 중국에서라면 어디서 마주쳐도 잘 기억에 남지 않을 것으로 느껴지는 전형적인 북방계 중국인의 외모를 가진 그는 그 생각과 다르게 유창한 영어로 내게 인사했다.

"반가워요."

"전하께 송구하지만 바람이 더 거세지기 전에 제가 다시 작전지역으로 가는 비행기를 타려면 20분 내로 비행장으로 돌아가야 해 조금 빠르게 설명을 드리겠습니다, 전하."

그는 나와 간단한 인사가 끝나자 자신의 손에 들려 있던 비닐에 쌓인 서류 뭉치를 탁자 위에 풀어 놓았고, 조심스럽게 내게 말해 내 허락이 떨어지자 금방 몇 가지 서류를 나와 알렉산더 장군에게 넘겨주며 설명을 시작했다.

"전하께서 제 상관인 유리 제프리 중령에게 넘긴 첩보를 토대로 해당 부대를 파악하기 위해 작전을 진행했고, 그중에 의심스러운 부대를 몇 곳 발견하였습니다. 특히 하얼빈의 통칭 731부대와 장춘의 100부대는 수십 가지 정황증거를 통해 생체 실험을 진행 중인 것으로 파악했습니다. 이미 작게는 수천에서 많게는 수만 이상의 포로와 민간인을 잡아 실험해 죽인 것으로 파악되었으며, 그 주위의 중국인들은 해당 부대가 생체 실험하는 부대라고 인지하지 못했습니다. 이는 해당 부대들이 어느 정도 비밀을 유지하며 실험을 진행하는지 보여 주는 반증입니다. 또한 그 외에도 만주와 베이핑, 난징에도 비슷한 부대가 있는 것으로 파악되었으나, 그곳에는 731부대와 100부대에 비교하면 포로가 훨씬 적은 숫자가 들어가는 것으로 보아 부수적인 실험을 하는 곳으로 예상됩니다. 현재까지 파악된 정보는······."

10분 정도 이어진 OSS 요원의 설명은 긴 길이에 비하면 내용은 간단했다.

몇 개의 이유를 바탕으로 이곳에서 사람을 이용한 실험이 이루어지고 있다고 추측했으며, 특히 해당 부대의 크기와 들어간 사람의 숫자, 보급을 위해 들어가는 식료품의 양으로 봤을 때 감옥처럼 안에서 수감 생활을 하며 모두 살아 있을 가능성은 0퍼센트에 가까우며, 그들을 이용한 실험이 있음을 확신한다는 내용이었다.

"고생했네. 전하께서 특별히 궁금하신 것이 없으시다면 보내도 괜찮겠습니까, 전하?"

내게 준 보고서에는 그간 알아낸 모든 정보가 들어 있었기에 그가 더 알고 있을 것 같지는 않았지만, 혹시나 하는 마음으로 알렉산더 장군의 말에 OSS 요원을 바라보며 물었다.

"이 보고서에 담긴 내용이 그대가 알고 있는 정보의 전부인가요?"

"그렇습니다. 제가 알고 있는 모든 정보는 보고서에 상세히 작성했습니다, 전하."

"알겠어요. 가 보세요."

태풍이 더 거세지기 전 돌아가기 위해서인지 요원의 얼굴에는 약간의 초조함이 있었다.

그래서 그를 보내 주고, 이곳으로 나를 이끈 알렉산더 장군을 바라봤다.

"조금 전 자리에서 이 내용을 공유하지 않은 이유가 있나요?"

비밀스러운 정보이기는 하지만 조금 전 있었던 회의는 한반도 내에 군의 수뇌부가 모인 자리였는데 굳이 따로 자리를 만들어 정보를 주고받는 게 이상해서 물었다.

"OSS의 보고서를 보시면 그 부대에 대해 작전을 전개하자면 구출이 아닌 섬멸 쪽으로 진행할 수밖에 없습니다. 그런데 아직 그들이 어떤 연구를 진행하고 어느 정도 진척이 되었는지 알지 못하는 지금, 처음부터 섬멸만을 목적으로 작전을 진행했다는 게 차후에 미국인과 대한국인에게 알려졌을 때 정부에 대한 여론과 연합군에 대한 여론이 부정적으로 형성될 수 있고, 전쟁을 위한 지지를 잃어버릴 수도 있어서 비밀 작전으로 해야 한다는 게 백악관의 뜻입니다. 그래서 전하께 이 내용을 조용히 알려 드리기 위해 따로 자리를 만든 것입니다, 전하."

"구출하지 못한다고요?"

지금까지 진행된 모든 작전은 연합군이 적은 피해로 승리하는 걸 기본으로 했지만, 민간인의 피해가 가장 최소로 일어나게 하는 것도 작전 수립 시 고려되는 중요한 사항이었다.

우리가 경성을 점령하면서 민간의 피해를 신경 쓰지 않았다면 몇몇 곳의 점령 순서가 변경되었을 가능성이 높았다.

"그렇습니다. 전하께서는 잘 모르시겠지만, 과거 유럽에서 있었던 동맹국과의 유럽 전쟁에서 연합국을 가장 많이 죽인 무기 중의 하나는 독일군의 가스입니다. 독일군의 염소 가스와 겨자가스는 연합군에게 공포와도 같은 것이었습니다."

"책을 통해 알고 있어요."

세계사 부분이라 정확히는 몰라도 1차 세계대전에서 최초로 가스전이 시작되었다고 알고 있어 고개를 끄덕이며 대답했다.

"책이라……. 그 고통은 상상하시지 못할 것입니다. 전 그 전선에서 장교로 복무해 내 부하들이 고통 속에 죽어 가는 것을 직접 보고 저 자신 또한 노출되었던 적이 있습니다."

일렉산더 미 육군 사령관이 끼고 있던 장갑을 벗고 팔 부분의 군복을 접어 올리자 심각한 화상을 입은 후 생긴 듯한 흉터가 눈에 들어왔는데, 그 상처는 그가 걷어 올린 위치까지 전체에 걸쳐 이어져 있었다.

"으흠."

상처를 보곤 나도 모르게 헛바람을 삼키며 신음을 내었다.

일렉산더 장군은 당연한 반응을 보았다는 듯 나를 신경 쓰지 않고, 계속해서 말을 이어 갔다.

"정확하지는 않지만, 추측으론 본격적으로 가스탄을 사용한 1915년부터 1917년까지 약 3년 동안 최소 70만 명 이상의 군인이 이 가스탄으로 죽었습니다. 만약 지금 언급되고 있는 부대에서 이런 종류의 가스를 연구하거나 제조하고 있었고 그 부대를 점령하기 위해 투입되는 전차 부대가 막대한 피해를 당한다면, 앞으로 이 전쟁이 어떻게 될지 확신할 수 없습니다. 그래도 여기까지는 과거의 경험이 있으니 대처할 수 있지만, 만약 가정이긴 하지만 스페인 감기나 흑사병 같은 바이러스를 이용해 우리가 알지 못하는 화학적 무기를 연구해 완성했거나 거의 완성해 가는 상황이라면, 안 그래도 수적으로 불리한 지금 상황에선 재앙에 가까운 피해와 함께 한반도 전체의 연합군이 몰살될 수 있다는 게 연합군 사령부의 판단입니다. 그래서 해당 두 부대와 현재 그 부대의 예하 부대로 의심이 되는 부대는 구출과 점령이 제1목표가 아닌 모든 시설의 완벽한 섬멸을 목표로, 지도에서 지워 버려야 한다는 게 현재 연합군의 의견입니다."

"섬멸이라면 항공기의 폭격도 포함해서 말하는 거겠죠?"

"그렇습니다. 일차적으로 항공기 폭격을 통해 부대의 주요 시설을 파괴하고, 아군 부대가 모든 일본 제국군을 섬멸한다는 게 주요 작전 내용입니다. 다행히 해당 부대들은 비밀 유지를 위해서 주변의 민가를 전부 소개疏開했고, 부대들이 위치하는 곳도 평지라 폭격으로 주요 시설을 파괴하기 용이하다는 게 OSS의 의견입니다. 물론 아직 모든 작전이 수립된 된 것은 아니나, 큰 틀에서는 차이가 없을 것입니다, 전하."

"그 안에 포로로 있는 사람들은 전부 몰살이라는 말이군요."

그곳에 지금 얼마만큼 포로나 민간인이 잡혀 있는지 알지 못했고, 그 위로 폭격이 떨어진다면 폭격에 맞아 죽거나, 폭격에서 살아남더라도 생체 실험을 했던 자료나 증거를 지워버리기 위해 일본군이 그들을 모두 죽일 것이라고 충분히 예상되었다.

그렇다면 그 부대와 부대에 대한 모든 자료가 날아가 전후에 일본을 추궁하고 그 책임을 묻는 게 힘들 수도 있었다.

"최소한의 피해로 적군을 섬멸하자면 어쩔 수 없는 선택입니다."

"선택지가 없네요."

의견을 구한다는 우회적인 말을 했지만 사실상 통보였다.

내 기억으로는 731부대에서 많은 실험을 했고 생화학 무기를 만들기 위해 연구를 했다.

하지만 그게 완성되었는지, 아니면 추축국의 패전이 확실해지고 히로시마와 나가사키에 떨어진 원자폭탄으로 더 이상의 저항이 무의미해지면서 최후의 무기인 생화학무기를 사용하지 않았는지 알 수 없어 더욱 구출을 위한 작전을 진행하자고 주장할 수가 없었다.

"그렇습니다, 전하."

알렉산더 사령관의 말을 듣고 한참을 고민했다.

지금 내가 가지고 있는 비밀 무기 중 하나를 열어 쓰는 게 맞는지 고민한 것이다.

지금 이 무기를 꺼낸다 해도 섬멸을 목적으로 하는 작전을 포로 구출로 변경할 수는 없었다. 지금 한반도에 있는 미군과 대한군이 감당할 수 있는 작전이 아니었다.

하지만 이번 작전에 참여하고 있는 미국과 다르게 '반격' 작전을 별로 달갑게 생각하지 않았던 영국과 프랑스에서 다른 말이 나오지 않도록 만드는 데에는 효과가 있겠다는 확신이 들었기에, 그 무기를 쓰기로 마음먹었다.

"……내가 받은 첩보에 따르면 그곳에서 사람을 대상으로 하는 잔인한 실험과 비인간적인 실험이 행해지고 있다더군요. '마루타'라는 말을 알고 있나요?"

"잘 모르겠습니다."

"'통나무'라는 뜻의 일본어예요. 실험 대상자를 인간이 아닌 통나무로 취급하며 비인간적이고 끔찍한, 사람으로는 절대 할 수 없는 실험을 자행하고 있다는 첩보였어요."

이 부분은 제국익문사에서도 단 두 명, 독리와 류건율 치안대장만 알고 있는 정보였다.

처음 731부대를 수색하려 투입되었던 두 명의 요원이 실종되고 나서 내가 미래에서 알고 있던 정보를 전부 전달하지 않아, 실종되었다는 죄책감에 사로잡혔다.

난 이 조사가 충분히 위험하다는 것 인지하고 있었는데도 미래의 정보를 모두 알려 주면 그 출처를 의심받을 수 있다고 생각해 최소한의 정보만 말했고, 그래서 두 명의 요원이 죽거나 실종되게 만들었다고 생각했다.

그래서 독리에게 내가 알고 있는 미래의 정보 중 731부대에 관한 모든 것을 알려 주었다.

물론 세세한 정보라기보다는 다큐멘터리를 통해서 알게 된 정보가 대부분이라 수색하는 데 도움이 될는지는 확신할 수 없었지만, 혹시 수색에 도움이 될까, 또 제국익문사 요원의 죽음이 더는 생기지 않기를 바라는 마음으로 전부 알려 주었다.

그러고 나니 독리는 이 정도 일이라면 일본 제국 내에서도 최고 등급의 기밀로 취급되는 일이라 제국익문사가 실체를 파악하지 못할지도 모른단 판단을 했다.

그래서 수색에 실패했을 때를 대비해 혹시 연합국이 참전을 망설이면 그들을 설득하고 여론을 만드는 데 사용할 수 있게 내가 말한 정보를 일본군의 기밀문서로 위장해 만들어 놓은 서류가 있었다.

실험의 개요와 목적, 그 실험에 희생된 사람들의 숫자를 짐작으로 만들어 놓은 서류였다.

731부대 내부 문서가 아닌 일본 육군성 양식의 문서로 꾸며 진실과 허구가 섞여 있었다.

문서의 진위를 파악하려면 전쟁이 끝나고도 한참 뒤고, 또한 우리가 이긴다면 패전국의 정보를 일목요연一目瞭然하게 파악하기란 불가능했다.

또한 다큐멘터리도 후에 발견된 자료를 바탕으로 만들어진 것이라 완전한 허구는 아니었고, 육군성 내에 충분히 있을 법한 서류로 꾸며 연합국이 일본과의 전투에 참여할 명분을 주는 걸로 사용할 생각으로 만든 것이다.

이 서류를 직접 만든 사람이 성심양복점에서 테일러로 위장해 있던 류견율 치안대장이었다.

육군성 기밀문서 중에 일부는 내가 몇 번 본 적이 있어 그 양식대로 만드는 건 그리 어렵지 않았다.

물론 거짓 서류라 실제 사용하는 상황이 오지 않기를 바랐고, 지금까지는 꺼낼 일이 없었다.

하지만 지금 해당 부대들을 섬멸하면 그 자료와 증거가 없어져 이후 희생된 사람의 넋을 달래고 그곳에 관여했던 사람을 제대로 처벌할 수가 없다. 그러니 지금 미리 가짜 서류를 공개해 연합군 내에서 이 문제를 공식화할 필요가 있어 보였다.

"단순히 소문으로 알고 계신 게 아니었습니까?"

알렉산더 장군은 내가 구체적인 단어까지 이야기하자 흥미로운 표정으로 내게 물었다.

"일본군의 장교로 있으면 많은 자료를 보게 됩니다. 물론 기밀로 취급되는 자료를 전쟁 포로와 다름없는 내가 볼 수는 없으나, 비공식적인 루트로 우연한 기회에 육군성에서 재미난 자료를 하나 입수한 적이 있었어요. 저녁에 위원회관으로 오시면 열람할 수 있게 준비하죠."

"OSS에게 주신 게 단순 첩보가 전부가 아녀서 조금 놀랐습니다, 전하."

알렉산더 사령관은 묘한 웃음을 지으면서 말했다.

"고의로 은폐하거나 숨기기 위해 알리지 않은 것은 아니니 너무 의심스럽게 생각하지 마세요. 교차 확인으로 확인한 정보가 아니고, 하나의 서류에서만 발견해 그 내용의 신빙성을 확신할 수 없어 자료를 공유하지 못했을 뿐이에요. 물론 그 정보가 일본 육군성에서 나온 것이라 아주 거짓은 아니라 생각했기에 임시정부에서부터 그 실체를 확인하기 위해 노력했고, OSS에게도 존재를 알린 것이고요."

알렉산더 사령관은 제국익문사와 내가 가지고 있는 자료를 고의로 모두 알려 주지 않았다고 느끼는 것처럼 보였다.

아무리 미국이라고 해도 우리가 가지고 있는 모든 자료를 넘겨줄 수는 없었고, 미국도 서로의 이익이 상충하는 자료를 우리에게 모두 공개했다고 생각되지는 않았다.

하지만 이제 막 시작된 양측의 동맹이 이런 사소한 일로 깨져 버리면 안 되기에 미연에 오해를 없애기 위해 말했다.

"그럼 작전 결정은 잠시 미루도록 하겠습니다."

"아니, 이 자료는 벌써 1년도 훨씬 전에 발견한 것이고, 작전은 그보다 이전에 했을 것으로 생각돼 사령관의 말대로 그곳에서 진행된 실험이 그간의 시간 동안 어떤 결과를 가져왔는지는 알지 못합니다. 난 이번 작전에 동의하니 정상적으로 진행하세요. 그곳에 남아 있는 사람들에게는 미안하지만, 미군과 대한군이 만주에서 돌이키기 힘든 피해를 당한다면 포로로 잡혀 있을 1~2만 명 수준의 피해가 아닌 한반도 전체가 돌이킬 수 없을지도 모릅니다. 전쟁 상황이고 희생이 필요하다면, 대한인 모두를 위한 결정을 해야겠지요."

평계, 혹은 자기 합리화를 위한 말일 수 있지만, 내가 생각하기에는 지금 할 수 있는 최선의 결정이었다.

'마루타'로 잡혀 있는 포로와 희생된 사람들의 정확한 규명을 위해서는 파괴나 섬멸이 아닌 연구 결과와 시설을 되도록 온전한 상태로 탈환해야 하지만, 그건 이 전쟁을 온전히 승리한 이후의 일이고 지금은 너무 위험했다.

처음에는 그들이 우리 국민의 피로 만든 연구 결과도 탐이 나기는 했다.

전후 731부대에 관여했던 고위급 군인은 그 연구 자료를 미국에 넘겨주는 조건으로 별다른 재판이나, 제재, 처벌을 받지 않고 일본 사회에 정착해 의약 분야에서 대기업을 이루거나, 의학교수 등으로 떵떵거리며 잘살았다.

그 정도로 미국에서조차 혹할 정도의 자료가 있었던 것으로 생각되었다.

하지만 탐난다는 이유로 엄청난 위험이 있는 모험을 할 수는 없었다.

"총사령부에 전하의 뜻을 전하겠습니다. 그리고 문서의 존재도 전해도 되겠습니까?"

이미 알렉산더 사령관에게 말하는 순간부터 이 문서를 연합 총사령부에 공개할 생각이었기에 그의 질문에 별다른 고민을 하지 않았다.

"그건 문서를 확인한 다음 내용과 함께 전하세요. 그래 봐야 몇 시간 차이니 큰 문제는 없겠지요?"

"알겠습니다, 전하."

"내가 들어야 하는 내용은 이게 전부인가요?"

"그렇습니다."

"우리 대화는 독리와 지청천 총사령관에게는 알릴 거예요. 다른 사람은 몰라도 우리 군을 총지휘하는 사람과 대한국의 모든 정보를 수집, 관리하는 사람들이 몰라서는 안 되는 내용이니까요."

"연합사령부에도 전하의 뜻을 전하겠습니다. 또한, 진행 중이던 회의를 마치는 대로 지청천 대한군 총사령관과 함께 위원회관으로 들어가겠습니다, 전하."

알렉산더 사령관과 대화를 마치고 막사 밖으로 나오자, 판초 우의를 입은 군 수뇌부가 나와 알렉산더 사령관이 나오기를 기다리고 있었다.

빗줄기는 시시각각 변해 내가 이곳으로 올 때보다 훨씬 강해졌고, 급히 다가온 최지헌이 우산을 씌웠지만, 그의 노력과 무관하게 옆으로 들이치는 비는 내 옷을 적셨다.

"다들 고생해 주세요."

"감사합니다, 전하."

대표로 지청천 총사령관이 내게 다가와 경례를 했다.

"총사령관께서는 오늘 밤에 알렉산더 장군과 함께 제게 와 주세요. 긴히 할 말이 있어요."

총사령관에게 경례를 받은 후 조용히 그에게만 말을 건넸다.

"알겠습니다, 전하."

나를 마중 나온 사람들은 내가 차에 올라 차가 출발해 시선에서 사라질 때까지 자리를 지켰다.

✼

해가 진 저녁 창문 밖으로 내리는 빗소리가 들리는 위원회관의 내 사무실.

나와 독리, 알렉산더 사령관, 지청천 총사령관 그리고 이 회의를 기록하는 기록관과 알렉산더 사령관의 통역병이 자리해 내가 건넨 서류를 읽어 나갔다.

지청천 총사령관을 제외한 다른 사람은 어느 정도 알고 있는 부분이었기에, 모든 것을 처음 접한 지청천 총사령관만이 내가 건넨 서류를 읽고 자리에서 벌떡 일어나며 놀라움과 당황, 분노가 섞인 말을 내뱉었다.

"이게 전부 사실입니까? 사람이 사람을 상대로 한 생체 실험이라니!"

기록관도 자리에 있었지만, 그는 서류를 직접 보지 않아서인지 아니면 자기 일에 충실해서인지 아무런 반응 없이 참석자의 대화만 기록했다.

"진정하시오, 총사령관. 아직 완벽히 확인된 것은 없습니다. 전하를 통해 이 서류를 접했고, 진위를 파악하기 위해 노력했지만 확인한 것은 아무것도 없습니다. 단지 이 서류를 가짜로만 치부하기엔 여러 정황이 사실에 가깝다고 판단하고 있습니다."

독리는 내 앞에서 큰 소리가 나온 게 걸렸는지 급히 지청천 장군을 제지하면서 그의 물음에 대답했다.

"무례했습니다. 용서를 구합니다, 전하."

독리의 지적에 지청천 장군은 내게 고개를 숙여 사과했다.

"아니, 괜찮아요. 사람이라면 할 수 없는 내용이 담겨 있으니 지청천 총사령관의 반응은 이해합니다. 자리에 앉으세요. 나도 처음 이 서류를 봤을 때 같은 마음이었으니까요."

내 말을 듣고서야 지청천 총사령관은 일어나 다시금 자리에 앉았다.

"지난 일본군의 행태와 간도 참변을 생각하면 이런 무지막지한 짓을 할 수 있다고 생각했어야 했는데, 제 생각이 짧았습니다, 전하."

지청천 장군은 분노가 가득했지만, 최대한 절제하는 목소리로 대답했다.

"정상적인 국가라면, 아니 최소한의 생명에 대한 존중이 있는 국가라면 할 수 없는 행태이니, 총사령관이 예측하지 못했다 해도 총사령관의 잘못이 아닙니다. 인간이 인간에게 이런 짓을 하다니……."

알렉산더 사령관도 굳은 표정으로 서류를 살펴보다 통역병을 통해 지청천 총사령관에게 말을 건넸다.

"이 보고서의 내용이 전부 사실이라면, 전후 연합국 차원의 진상 조사를 해야 합니다."

"지청천 장군의 말대로 나도 그 부분은 동의하고, 연합군 총사령부 차원에서 백악관에 의견이 전달될 수 있도록 강하게 말할 생각입니다."

지청천 총사령관과 알렉산더 사령관이 의견을 주고받았지만 가장 중요한 문제가 빠져 있다고 느꼈는데, 독리도 같은 생각인지 그 부분을 지적하기 위해 말을 꺼냈다.

"알렉산더 사령관의 뜻은 이해하지만, 이 서류의 진실을 파악하기는 힘들 것으로 생각됩니다. 우리가 이 서류를 발견하고 1년여 동안 연합국에 알리지 않았던 것은 일본 내에서도 이 내용을 알고 있는 사람이 거의 없어 확인할 수 없었기 때문입니다. 지금까지 조사된 결과, OSS에서 확인한 방역급수부 부대, 통칭 731부대를 포함해 비인간적인 실험을 하고 있을 것으로 예상하는 부대들은 표면적으로 육군성 소속이나 실제로는 쇼와 일왕이 친정親政하는 부대가 아닐까 추측됩니다. 그래서 대본영이나 해군성뿐만 아니라 해당 부대들의 표면적 직속 상급 부대인 육군성에서조차 제대로 된 내용은 파악하지 못하고 있었고, 육군성의 정보 부서에서 해당 부대의 이상함을 느끼고 부대를 조사해 작성된 게 이 서류가 아닐까 생각합니다. 그렇다는 것은 이걸 다른 자료로 확인할 방법은 일왕 궁이나 궁내부의 자료를 확인하거나 아니면 우리 눈으로 그 시설과 그들의 자료를 직접 확보하는 게 아니라면 다른 방법이 없다는 게 지금까지 우리 정보부의 판단이고, 현재 위원회의 정보부나 OSS에서는 불가능하다는 게 냉정하지만 정확한 평가입니다. 또한, 이 전쟁이 얼마나 길어질지 모르지만, 전쟁이 끝날 때까지 해당 자료가 남아 있을지는 부정적인 의견이 많습니다. 특히 이 전쟁에서 우리 연합군이 승기를 잡고 추축국의 패색이 짙어지면, 그와 관련된 모든 정보는 파기될 것으로 예측합니다."

"섬멸 작전을 진행하더라도 그것에 관련된 관련자를 전부 섬멸한다는 것은 현실적으로 불가능합니다. 후에 그곳과 관련된 생존자들에게 이 서류를 기반으로 추궁하면 있었던 진실을 완전히 묻을 수는 없습니다. 지금은 여건이 여의치 않아 섬멸을 목표로 하지만, 군인으로서 또 한 명의 사람으로서 그 실체를 꼭 밝혀낼 것입니다. 이것은 제네바협약을 중대하게 위반한 사항이자 사람으로서는 할 수 없는 일을 저지른 것입니다. 연합국의 일원이자 백악관 주인, 아니 성경에 손을 얹고 신께 맹세한 미합중국의 대통령이라면 분명히 이 사건의 진상을 파악하고, 그에 상응하는 책임을 물을 것입니다."

지금은 대통령이 아니지만, 후에 대통령이 되는 해리 S 트루먼 대통령 그리고 미군과 극동재판소에 비호 아래, 소수의 미국인을 대상으로 실험한 몇몇을 제외하고는 731부대의 관련자가 기소조차 되지 않고 일본 사회로 복귀해 승승장구했다는 것을 나는 잘 알고 있다.

정치적인 교환이었지만, 그렇다고 그 부분이 피해 당사국인 우리와 중화민국에 이익이 되거나 이해할 수 있는 일은 아니었다.

하지만 지금 내 눈앞에서 자신의 조국을 믿고 굳게 말하는 알렉산더 사령관은 알지 못하는 부분이었고, 뒤바뀐 역사에서 똑같이 되리란 법도 없어서 그의 말을 가만히 듣고 나서 말을 꺼냈다.

"지금은 이 내용을 연합국 안에서 공론화하는 게 우리가 할 수 있는 최선이에요. 그러나 작전이 끝나기 전 이 자료가 밖으로 알려지면 안 되니, 다들 정보가 새어 나가지 않게 유의하세요. 물론 알렉산더 사령관께서는 하와이와 워싱턴에 기밀로 알려 줘야 해요. 전파는 도청의 위험이 있으니 절대 안 돼요."

제네바협약은 나도 잘 알고 있었다.

그리고 국제적 협약과 국가 간 조약이 힘의 시대인 지금 그 조약서의 글자대로만 되지 않는 다는 걸, 약자가 외치는 정의가 얼마나 공허한지 잘 알았다.

그래서 제네바협약에 대해서는 일언반구—言半句하지 않았다.

만약 우리가 이 전쟁에서 패하거나 대한군이 이 태평양전쟁에서 자신의 역할을 다하지 못한다면, 전후 협상에서 우리는 아무것도 못 하고, 강대국 사이에서 끌려다니는 과거의 역사와 똑같아질 게 눈에 보였다.

그래서 힘없는 우리가 할 수 있는 일을 하려 노력했다.

"알겠습니다. OSS의 인편을 통해 백악관과 사령부에 전달하겠습니다, 전하."

알렉산더 사령관은 원본이 아닌 독리가 내용을 옮겨 적은 서류를 챙기면서 말했다.

"잘 부탁드려요. 다들 피곤하실 테니 오늘은 여기까지 합시다."

여기 있는 사람들은 새벽부터 회의를 시작해 이 자리에 오기 전 군사 관련 저녁 회의까지 하고 온 참이라 온종일 쉼 없이 일해 피곤한 이들이었다. 그래서 중요한 용건만 알리고 회의를 마쳤다.

6장

서울을 탈환하고 거의 매일 밤 새로운 정보가 들어오며 제대로 쉰 적이 없이 없었는데, 아침부터 내리기 시작한 비가 지금까지 오며 영호남에 많은 비를 뿌려서인지 위원회관의 연락을 담당하는 전신실은 평소 울리던 전신기의 따다닥거리는 소리가 거의 안 나고 조용했다.

"폭풍 전야 같은 고요함이네."

전신실 앞을 지나가며 말하자 뒤에 따라오던 최지헌이 대답했다.

"그렇습니다, 전하."

"지금부터는 경칭敬稱을 쓰지 말게. 옷을 갈아입은 노력이 무색하게 바로 알려지면 미복잠행微服潛行의 의미가 없네."

나는 평소에 입던 성심양복점의 고급 양복이 아닌 경성에서 가장 평범한 옷인 염색한 면직물을 이용해 한복에 양복적인 요소를 넣어 만든 옷을 입었다.

물론 내 뒤를 따라오는 최지헌과 무명 그리고 박현근이란 이름을 가진 청년까지 나와 비슷한 복장을 하고 있었다.

박현근은 독리와 치안대장 류건율 밑에서 성심양복점 직원으로 일하며 제국익문사의 일을 도운 청년이었다.

과거 이우 공과의 연락이 끊어져 제국익문사의 요원이 뿔뿔이 흩어졌던 암흑기에 독리가 고아로 거리에서 살아가던 그를 거뒀다.

제대로 된 제국익문사 요원이 되기 위한 교육을 받지는 못했지만, 자신이 기억하는 순간부터 경성에서 살았고 성심양복점에서 일하며 총독부에 일하는 사람부터 거리에서 살아갈 때 알았던 거리의 거지까지 넓은 인맥을 가지고 있는 경성, 특히 이곳 종로의 소식통인 인물이었다.

"정말 경호도 없이 가셔야겠습니까, 도련님?"

전하라는 말을 금지하자 도련님이라는 이상한 경칭으로 말하는 최지헌의 말투에 웃음이 났지만 참았다.

"편하게 하게. 도련님이란 말도 빼고. 복장으로 치면 우린 모두 친우네. 그리고 왜 경호원이 없는가? 여기 제국익문사에서 가장 뛰어난 무관인 무명도 있고, 자네와 여기 이 친구도 함께 가지 않는가?"

꼭 도련님이라는 호칭을 사용하지 않는 건 아니었으나, 지금 시기에 도련님이라는 호칭을 받는 사람은 부역자의 아들이 대부분이었고, 그러면 이목이 집중되어 경호에 위험이 되었다.

그래서 우리 네 명은 비슷한 수준의 옷을 입고 있었다.

"그래도 안 좋은 첩보까지 있는 지금이라면 부족하다고 생각됩니다."

"안 좋은 첩보가 있는 지금이니 더욱 미복잠행을 해야지. 그래도 나는 태조 대왕처럼 경성의 절반 이상을 죽이지는 않았지 않은가? 거기다 누가 나를 알아보겠는가?"

태조 이성계는 위화도회군 이후 개경을 점령하고 나서, 거기 사람들이 자신의 손에 일가친척 중 최소 한 명 이상은 죽어 자신에게 반감을 품고 있을 때도 개경을 미복잠행했었다는 기록이 있었다.

거기에 비교하면 나를 죽이려고 하는 사람들 대부분은 형무소에 있었고, 오히려 내가 이우라는 게 밝혀지면 나를 좋아해 주고 지켜 줄 사람들이 훨씬 많아 최지헌의 우려를 크게 염려하지 않았다.

"어찌 그때와 비교하십니까? 그리고 얼굴은 이미 경성 사람이라면 영상을 통해 충분히 잘 알고 있을 것입니다."

최지헌은 내 얼굴로 촬영된 경성 탈환 영상이 단성사나 우미관 같은 영화관에서 상영되었음을 말했다.

그래서 나는 그에 대비해 미리 준비한 안경을 품에서 꺼냈다.

"아~ 그랬지. 그럼 이렇게 하면 이우라고 생각하겠나? 이러면 충분할 것이네."

품에서 꺼낸 검은색 안경을 쓰고, 머리에 빵모자를 눌러쓰며 대답했다.

"……그래도 그 정도로는 완벽할 수 없어 안전이 우려됩니다, 전하."

최지헌은 주변을 살피고는 주변에 들리지 않을 정도로 작은 목소리로 내게 말했다.

"왕실 예법을 안 지켜도 되니 그냥 친우에게 말하듯 편히 말하게. 그리고 태조 대왕뿐 아니라, 다른 선왕들께서도 미복잠행은 항시 해 왔던 것이니 괜찮을 것이야."

밖으로 나가면 최지헌의 존댓말이나 어색한 태도가 오히려 이목을 집중시킬 수 있어서 가볍게 주의를 주었다.

"……알겠……소."

최지헌은 당황하는 표정으로 대답했다.

함께 나온 무명은 자신은 말을 하지 않아서인지 평안한 표정으로 나를 따르고 있었다.

걷는 모습도 평소와 다르게 무명은 내 바로 옆에서 함께 걷고, 최지헌은 바로 뒤에 따라와 멀리서 보면 네 명의 친구가 함께 걷고 있는 것으로 보이기 충분했다.

나이가 조금 많은 무명은 노안이나 친한 형님 정도로 보일 터였다.

후문을 나서자 오늘 종일 내린 굵은 비가 계속되고 있어 각자 우산을 하나씩 쓰고는 밖으로 나갔다.

후문 앞에는 총독부와 경복궁 사이에 위치한 임시 숙소가 있었는데, 자기 일을 마친 사람들이 휴식이나 잠을 청하기 위해 숙소로 들어가거나 또 저녁에 가볍게 술을 마시거나 늦은 저녁을 먹기 위해 뒷마당에서 삼삼오오 모여 떠나기도 했다.

그래서 많은 사람이 움직여 마치 야시장과 같은 느낌을 주었다.

위원회에서 넉넉하지는 못해도 삼시 세끼를 배급했지만 그건 위원회관에서 저녁 근무를 하는 사람을 위한 식사였고, 저녁 근무가 없는 사람들은 종로로 나가 저녁과 반주를 즐기고는 했다.

전쟁 중이라지만 지나친 음주로 사고를 치거나 자기 일을 하지 못하는 게 아니라면 괜찮다는 위원장과 부위원장의 의견에 의해 작지만 자유가 주어졌다.

하지만 자유가 주어진 만큼 음주로 인해 자기 일을 누락하거나 폭행, 혹은 다른 사고가 생기면 중하게 처벌한다는 단서가 붙었고, 아직 그런 일은 없었다.

사실 가장 중요한 이유는 따로 있었다.

시장에서 유통되는 조선은행권을 인정했지만 이미 인플레이션이 시작된 지금 위원회 사람들이 밖으로 나오지 않고 정상적인 소비 활동을 하지 않으면 시장 심리가 위축되거나 화폐개혁 있을지도 모른다는 우려가 생겨 지금보다 더욱 크게 조선은행권에 대한 신뢰가 떨어져 하이퍼인플레이션이 일어날 수도 있다는 내 의견에 따라 되도록 일이 끝난 저녁에는 위원회 사람들이 시장으로 나가 평상시와 같은 소비 활동을 하도록 장려했다.

또한 동시에 조선총독부 금고에 쌓여 있던 조선은행권 일부를 위원회관에서 일하는 사람들에게 일당으로 계산해 지급했다.

"종로로 가자."

"안내하겠습니다."

안내를 맡은 박현근이 나를 앞서 나와 가장 많은 사람이 걸어가는 방향으로 우리를 이끌었다.

"자네도 말투는 고치게. 이제부터 우리는 모두 친우야."

"알겠……네."

박현근도 아주 당황스러운 표정으로 대답했다.

"근대 우리 돈은 가져왔나?"

내 질문에 옆에 있던 무명이 품속에서 지갑을 하나 꺼내주었다.

그 속에는 선은鮮銀(조선은행)의 백 엔권과 십 엔권이 가득 들어 있었다.

"누가 보면 종로에 점포를 인수하러 가는 줄 알겠군. 가볍게 돌아다닐 것인데 너무 과했어."

중경에서의 생활을 제외하면 직접 돈을 사용한 적은 거의 없었지만, 물가는 잘 알고 있었다.

그래서 지금 이 지갑에 들어 있는 돈이 절대 적은 양이 아니라는 걸 잘 알고 있었다.

내 말에 표정의 변화가 거의 없는 무명조차 당황하는 기색이 눈에 띄었다.

최지헌은 돈을 가져다 놓고 올까 하는 표정이었지만 내 경호 때문에 자리를 비울 수 없었고, 또 나에게 위원회관으로 돌아가자 말하는 것은 더욱 상상도 못 해 어쩌지 못했다.

"농담이네. 자네도 지갑이 있는가?"

"여기 있소."

최지헌이 품속에서 자신의 지갑을 꺼내며 대답했다.

그래서 무명의 지갑에 들어 있는 돈 중에 오늘 저녁에 사용할 양 정도만 꺼내서 그에게 넘겨주었다.

"돈이 너무 많으면 이목을 집중시킬지도 모르니 이건 무명이 잘 보관하고 자네에게 준 돈만 사용하지."

"알겠소."

최지헌 내가 건넨 돈을 갈무리하며 대답했다.

사람들에 섞여 종로로 들어서자 과거에는 차와 기모노를

입은 사람들이 오가던 거리가 한국인들로 가득 차 있었다.

"마치 축제를 하는 것 같군. 항상 이런가?"

내 질문에 앞서 걷던 박현근이 대답했다.

"경성 탈환 작전 이후 계속해서 이런 상태입니다. 아니, 이네. 낮에도 꽤 많은 사람이 있지만, 저녁이 되면 위원회관에서 나오는 사람과 경성 구석구석에서 술을 마시기 위해 종로로 모여드는 사람들까지 인산인해를 이루고 있어, 이것만 보면 이미 전쟁이 끝난 게 아닐까 하는 착각까지 느껴지네."

"자네 말대로군. 시장 물가는 이제 안정이 되었는가? 박영규 사장은 뭐라고 하던가?"

오늘 재정부의 박영규 재정위원을 만나고 온 최지헌을 보면서 물었다.

일부러 박영규 재정위원이 아닌 사장이라 표현했고, 그는 박영규 사장이란 말에 잠시 멈칫하다 누구를 뜻하는지 금방 알아차렸다.

"일단 부역자들과 일본인들에게서 나오는 대량의 물건이 유통되지 못하도록 막아 놓았다고 하오. 그리고 시장 상인들에게도 생필품을 매점매석을 하지 못하도록 당부하고, 물가가 안정될 수 있도록 조선상인연합회와 동대문, 남대문상인연합회를 비롯한 상계의 사람들에게 대승적 차원에서 협조를 부탁했다고 하오. 그래서인지 쌀값의 상승 폭이 조금 진정되는 것으로 알고 있소. 또한, 경성 소재의 은행을 긴급 통제해 불순한 움직임을 확인 중이오."

최지헌의 어색하고 떨리는 말투로 연신 식은땀을 닦으며
대답했다.

"박영규 사장은 상계에서 덕망이 높은 사람이니 잘해 주겠
지."

박영규가 재정위원으로 발탁된 이유에는 몽양과 내가 주
도한 지하동맹 출신이란 부분과 몽양에게 할당된 정원定員이
라는 배경도 있었지만, 가장 큰 이유는 내 사람과 백범 쪽 사
람들에게는 없는 한반도와 경성 내의 넓은 상계 인맥을 가지
고 있어서였다.

나와 몽양이 주도해 만든 조선상인연합회에서도 부회장을
맡는데, 회장인 유일한 박사가 미국에 있어 실질적으로 한
반도 내에 상인들을 규합한 사람이라 시장 안정과 전쟁 수행
을 위한 자금줄이 되어야 할 재정위원에 박영규 이상으로 적
합한 사람은 없었다.

"저녁은 설농탕이 어떤가?"

"저……느하, 흠흠. 설농탕은 저잣거리의 평민이 먹는 천
한 음식입니다."

종로로 걸어가는 길에 '설농탕'이라 적힌 가게가 눈에 들어
와 물었더니 최지헌이 순간 큰 소리를 내다가 주변의 시선을
의식하며 목소리를 낮췄다.

"내가 보기에는 다른 사람들이 알아차리는 것보다 지헌이

자네 덕분에 알려질 것 같군. 그리고 음식에 귀천이 어디 있
나? 거기다 양반 평민이 없어진 지가 언제인데 그러나. 서울
에서 가장 유명한 음식이니 먹으러 가세."

"그, 그러시오."

최지헌은 이마에 맺히는 땀을 훔치며 대답했다.

평소 차분하고 사무적인 모습만 봐 왔기에 계속해서 당황
하는 모습이 유쾌하게 다가왔다.

"설농탕이라면 '이문里門설농탕'이 맛있으니 그리로 가는
것이 어떠한가?"

박현근은 내게 조심스럽게 물어 왔다.

"자네가 좋은 데로 가게."

박현근이 내 허락이 떨어지자 먼저 걸어갔고, 나와 세 사
람은 그를 뒤따랐다.

종로의 분주한 거리에서 '里門설농탕'이라 쓰인 현판이 금
세 눈에 들어왔다.

박현근을 따라 한옥 건물 안으로 들어가자 그리 크지 않은
가게 안에 탁자와 의자, 사람이 가득 차 있었다.

"아저씨, 설농탕으로 네 그릇 하고……. 반주는 안 해도
괜찮은가? 그럼 설농탕만 주세요."

박현근의 주인과 반갑게 인사한 후 주문을 하다가 나를 보
며 질문을 했고, 내가 고개를 젓자 술은 없이 설렁탕만 주문
했다.

"이 집이 가장 인기가 많은가?"

자리에 앉아 주위를 둘러보니 저녁 시간은 한참 지났지만 많은 사람이 앉아 설렁탕으로 늦은 저녁을 먹거나 수육을 안주 삼아 소주잔을 나누고 있었다.

"광무 6년(1902년)부터 시작해 30년이 훌쩍 넘는 역사를 가지고 있어 인기가 많은 편이네. 설농탕은 이문으로, 곰탕은 하동관으로 가라는 말이 있을 정도로 설농탕은 이문이 맛있네."

처음에는 내게 반말할 때마다 당황하다가 조금씩 적응해 박현근은 자연스럽게 말했다.

박현근의 말이 끝나자 가게 안에 큰 소리가 났다.

"아니! 은행에서 내가 맡긴 돈을 찾을 수 없다는 게 말이 되는가!"

위원회는 은행에 대해 뱅크런 같은 대량 인출 사태를 막기 위해 경성 탈환 작전 직후 은행을 임시 폐쇄했다가 오늘부터 다시 영업을 재개했다.

물론 일본인과 반민족 행위자로 파악된 사람이거나 반민족 행위자와 연관성이 있는 자금에 대해서는 거래 중지가 내려진 상태로 영업을 재개했다.

영업을 재개하자 사람들이 자신의 돈을 모두 인출하기 위해 몰려들었지만 미리 한 계좌당 인출 가능한 양을 조정해 최대한 시장 혼란을 막았다.

하지만 우리의 우려와 다르게 은행으로 모여든 사람들은 대부분 일본인과 관련이 있거나 반민족 행위자와 관련 있는 사람들이라, 실제 인출을 해 가는 사람은 5퍼센트 정도였다.

여기에는 상인들이 동요하지 않도록 독려한 박영규 재정위원의 노력에 상인들이 움직이지 않은 이유도 있었다.

우리가 앉은 자리에서 가게 반대편에 앉아 술에 취해 붉게 달아오른 얼굴을 한 채 가게 안을 쩌렁쩌렁하게 울리는 목소리로 일본어를 외친 그는 자신이 은행에 맡긴 돈을 다 인출하지 못했거나 아니면 민족 반역자와 관련되어 받지 못한 사람으로 보였다.

아직 일본어로 말하는 걸 보면, 후자의 가능성이 더 높은 듯했다.

"진정하게, 이 친구야. 목소리가 너무 커."

그의 맞은편에 앉은 사람은 일본어로 그를 제지했고, 내가 그쪽을 보자 최지헌과 무명, 현근도 굳은 얼굴로 그 사람을 바라봤다.

"내가 못 할 말을 했는가? 우리 집안의 은행인 동일은행에서조차 돈을 찾지 못했어! 이 민정도를 뭐로 보고! 내일은 낙선재를 찾아가 대비를 만나 뵙든지, 아니면 내가 총독부를 찾아가서 이우 공에게 직접 따져야겠어! 아버지와 삼촌을 강제로 잡아갈 때도 무슨 오해가 있다고 생각하며 참았는데,

이건 아니야!"

평범한 사람이라 생각했던 그의 말 속에서 누군지 파악할 수 있었다.

여흥 민씨 일족. 그중에 한 사람이었다.

최지헌은 그의 외침에 분노가 일어났는지 주먹을 굳게 쥐더니 자리에서 일어나려 했다.

"참게. 내일 그가 찾아온다면 내가 직접 맞아 주겠지만, 지금은 아니야."

아직도 일본어로 말하며 위원회관을 총독부로, 나를 이우공으로 부르는 그가 어떤 사람인지 알기에는 몇 단어만으로 충분했다.

"……알겠소."

"잘못된 단추는 전부 풀어 버리고, 다시 꿰야지."

이미 과거 황실의 잘못과 그 권세를 이용해 호가호위狐假虎威했던 사람들을 잘라 내기로 마음먹었다.

그를 위해 아버지 의친왕이 직접 그들을 잘라 낼 수 있는 도구가 되어 주기 위해 치안대로 향했고, 지금 마포의 경성 형무소에서 재판을 위해 대기 중이었다.

"현근이 자네가 오랜만에 왔는데 미안하군. 높으신 분이라, 제지하기가 조금 힘드네……. 설농탕에 고기를 좀 더 넣었으니 이해 좀 해 주게."

설렁탕을 가지고 온 주인이 우리에게 양해를 구했다.

내 맞은편에 앉은 박현근과 최지헌은 자신이 생각하기에 소리치는 저놈보다는 내가 훨씬 더 높으니 혹시 내가 불편해할까 봐 전전긍긍하는 느낌이었다.

"술을 먹다 보면 그럴 수 있지요. 잘 먹겠습니다."

서민들의 이야기를 듣고 사람들을 살펴보기 위해 나온 거라 내가 먼저 주인의 말을 받았다.

"고맙네. 그런데 현근이 자네는 요즘 바쁜가? 성심은 요 며칠 문을 닫았던데."

주인은 내게 대답한 이후 음식을 다 내려놓고, 아는 얼굴인 박현근에게 말했다.

"아뇨. 사장님이 일이 좀 있어서 그런 거예요. 그리고 이런 시절에 누가 양복을 맞추러 오겠어요."

"하긴, 요즘 시절이 어수선하기는 하지. 그럼 자네는 안 바쁜데 왜 밥 먹으러 안 오나, 자주 좀 오게."

"그건 아저씨가 지난번에 왔을 때 늦게까지 술 먹는다고 오지 말라면서요."

"에헤이~ 농을 진담으로 받으면 어떡하나."

"하하, 농을 매번 진지하게 하시니까 그러죠."

"농일세, 앞으로 자주 좀 오게. 그리고 이쪽은 처음 온 친구들인가 보네. 현근이 좀 잘 부탁하네, 이 친구 나이답지 않게 열심히 사는 친구야. 앞으로는 함께 자주 와 내가 많이 챙겨 줄 테니 맛있게 먹고."

"아저씨, 감사합니다. 잘 먹을게요."

주인이 음식을 내려놓고 떠나고 나서 식사를 시작했다.

우리가 식사하는 동안 큰 목소리를 가진 사나이 민병도가 술이 많이 취했는지 자신의 몸을 가누지 못해 함께 술을 먹은 사람의 부축을 받으며 식당을 나섰다.

"저잣거리 사람들이 먹는 음식이라더니, 자신을 고관대작이라 생각하는 사람도 먹나 보네."

내 말에 최지헌도 이상하다고 생각되었는지 박현근을 바라봤고, 나와 무명, 최지헌 세 사람의 시선이 자신에게 모이자 박현근은 맛있게 설렁탕을 먹다가 사레가 들려 기침을 했다.

"천천히 먹어. 너무 오랜만에 먹어서 맛있나?"

각 상에 김치와 깍두기가 모자라지 않나 사이사이를 돌아다니던 주인이 박현근의 잔에 물을 부어 주며 말했다.

"커흠⋯⋯. 감사합니다."

주인이 따라 준 잔을 받아 마신 박현근이 겨우 숨을 돌리고는 대답했다.

"오늘 온종일 굶었나? 이제 시절이 변해 일제 순사도 없으니 천천히 좀 먹게."

"하하하, 그러게요. 너무 맛있어서 급하게 먹었네요. 아저씨, 근데 방금 나간 사람도 여기 단골이에요? 하도 자주 와서 단골 얼굴은 대부분 알고 있는데 첨 보는 사람인데."

박현근은 내가 질문한 내용은 사레가 들려 기침하면서도 기억했는지 옆에 서 있는 주인에게 우리 자리에만 들릴 듯한 작은 목소리로 물었다.

"아아, 단골이라……. 단골이긴 하지. 우리 가게 초기부터 우리 설렁탕을 먹었던 사람이야. 자작을 지냈던 하정荷汀 선생을 기억하나? 그 사람의 손자일세."

"하정이라……. 하정……. 아! 민영휘 자작을 말하는 건가요?"

박현근은 한참을 생각하다가 누군지 떠올랐는지 이전보다 더 조심스럽고, 조용한 목소리로 주인에게 되물었다.

작은 목소리였지만 바로 앞의 나는 충분히 들렸고, 민영휘란 이름이 광무제의 처조카를 뜻한다는 것이 기억났다.

"맞아."

"그런 높은 사람이 여기서 설농탕을 먹었어요? 이때까지 여기 10년 가까이 다니면서 못 봤는데?"

박현근은 고개를 갸웃했다.

"자네야 당연히 못 볼 수밖에. 어디 고관대작들이 설농탕을 음식으로 취급하던가, 시정잡배나 먹는 천한 음식으로 생각하지. 그런데 막상 먹어 보니 맛있어서 먹고는 싶은데 여기 와서 먹자니 체면이 서질 않았던 게야. 우리야 이 근처만 배달하니 일주일에 한두 번 정도 하인을 통해 와서 가져다 먹었네. 이번 우리 이우 왕자님께서 경성을 수복收復할 때에 아까 나간 사람의 아버지인 민대식이 그 집안의 하인들을 무장시켜, 일본 놈들하고 함께 싸웠다더군. 그래서 하인 중 대부분은 도망가고, 나머지는 민대식과 함께 싸우다가 죽거나 서대문형무소로 잡혀 들어가 지금 그 집에는 하인은 한 명도 없고, 남자라고는 아까 그 사람 혼자 남았다고 들었네."

"일본 놈 편에서 싸웠다고요!"

주인과 대화하던 박현근이 놀란 듯 꽤 큰 목소리로 대답했다.

"어허, 목소리 좀 낮추게. 아직 경성에는 저런 사람에게 원한 가질 만한 사람이 많아…… 괜히 또 살인 사건이 일어나네. 나도 자네 생각처럼 놀랍기는 하지만 뭐 그들은 자신들이 천황의 신민이라고 믿으니 당연한 거 아닌가?"

대답을 듣는 박현근의 얼굴을 붉게 달아올랐고, 내가 이 자리에 없었으면 당장 뛰쳐나가 민정도를 때려잡으러 갈 태세였다.

하지만 나는 이미 일본에 붙어먹었던 사람 중 여럿이 우리 군과 싸웠다는 걸 알고 있었다. 물론 하인까지 동원했다는 건 조금 놀라웠지만, 박현근만큼은 아니었다.

나만큼 잘 알고 있는 최지헌과 무명도 감정은 박현근 쪽에 가까운지 얼굴에서 분노가 약간씩 묻어났다.

"아저씨, 살인이라고 하셨어요?"

나는 민대식이 자신의 하인을 동원해 우리 군과 싸웠다는 것보다 살인이 일어났다는 말에 더 집중되었다.

"응? 자네는 요 며칠 경성에 없었는가? 평소 자신을 괴롭혔던 일제 순사와 총독부 관리 수십이 여러 사람에게 처단되어 죽었다는 말을 못 들었는가? 경성에 소문이 파다하네."

"일 때문에 평양부에서 이제 겨우 경성으로 돌아와서요. 여긴 평양보다 더 심했나 보네요."

"평양에서도 그런 일이 있었는가?"

"저도 본 적은 없고, 소문만 들었어요."

"조선인 앞잡이들이 일제가 우리 민족을 수탈하는 데 일본인보다 더 독하게 했으니 그들에 대한 분노가 더 컸지. 그래도 이제는 우리 임금님이 계시니, 괜히 민중이 그를 죽이는 것보다는 국법의 심판을 받아야지 않겠는가? 치안대에서도 그렇게 말하고. 그러니 더러워도 좀 참는 거지. 그래도 치안대의 말이 통했는지 어제오늘은 사람이 죽었다는 말이 안 들린다네."

"뭐…… 위원회에서 잘 처리하고 있겠죠."

"그러니 이리 조용하겠지. 아이쿠, 내가 이거 말이 길었군. 맛있게 먹게. 늙으면 말이 많아져……."

이문설농탕 주인은 박현근이 위원회를 말하자 빙그레 웃더니 자리를 떠났다.

"민대식은 어떻게 됐는지 아나?"

주인이 떠나고 시간이 늦어 우리 자리 근처에 먹던 사람들이 다 나가 조용한 목소리라면 남이 듣지 못해 최지헌을 바라보며 물었다.

"민대식은 관저촌에서 있었던 마지막 전투까지 버티다 패퇴해 자신의 집으로 숨어들었다가 얼굴을 알아본 노익현 교통부위원이 직접 체포해 서대문형무소에 구금했습니다."

최지헌은 그를 잘 알고 있는 듯 곧바로 대답했다.

"아~ 그 사람이었군……."

최지헌의 대답에 서대문형무소의 취조실에서 초췌한 얼굴로 내 앞에 앉았던 민대식이 떠올랐다.

그가 받는 혐의는 우리 군과 싸운 반역 행위와 은행을 운영하며 일본에 부역한 것이었다.

다른 공직에 있는 이들에 비교하면 상대적으로 죄가 약하고, 은행이라 캐낼 만한 고급 정보도 거의 없어 취조 시간이 짧아서 까먹고 있었다.

그의 초췌한 얼굴과는 달리 그의 아들은 잘 먹고 다니는지 기름기가 가득한 얼굴이 비교되었다.

나간 민정도를 생각하며 저녁을 다 먹고 가게를 나오자, 거리에는 저녁을 먹으러 들어갈 때보다 사람은 줄어들었지만, 여전히 많은 사람이 오가고 있었다.

"이 시간에 사람이 가장 많은 곳이 어디인가?"

"지금은 비-루beer(맥주)나, 탁주를 파는 술집이 가장 붐비네."

밖으로 나오자 박현근은 다시 친구처럼 대답했다.

"……사람은 많은데 조용히 있어도 이상하지 않으면서 대학생들이나, 모던 보이들이 갈 만한 곳은 없나?"

처음에는 나도 정보를 수집하기 위해 술집으로 향할까 했는데, 설렁탕을 먹으면서도 내가 말을 걸지 않으면 조용히 있었던 세 사람이라 시끌벅적한 술집을 갔을 때 친구처럼 보이는 우리가 몇 마디 없이 조용히 있으면 의심을 살 게 뻔했다.

그렇다고 내가 말을 계속 시키기는 그랬고, 세 사람과 친구 간에 편한 대화를 하기에는 힘들었다.

그리고 설렁탕을 먹으면서 주위의 대화를 들어 술집에서 수집할 만한 정보는 이미 거의 수집한 듯해서 엘리트들이 있을 만한 곳에 가 보려 했다.

그래서 어디 조금 조용하면서 괜찮은 술집을 떠올리며 물었다.

"그런 곳은 고급 술집으로 가면 되네. 그리 가겠는가?"

"……다방은 어떤가? 자네가 말하는 술집은 다른 손님과 떨어져 마시지 않나?"

박현근의 대답을 들은 최지헌이 잠시 생각하더니 말했다.

떠올려 보니 최지헌의 말대로 고급 술집이면 옆의 대화를 듣기 힘들게 각방에서 술을 마셨었다.

"아! 그렇군. 술집보다는 다방이 이 시간이면 간단하게 비−루나 가배咖啡(커피)를 마시며 대화하거나 음악을 듣는 사람이 있을 테니 더 좋겠군."

박현근이 손뼉을 치고는 대답했다.

"그럼 괜찮은 다방으로 가자."

이 시기에 고급 술집을 드나들 정도로 구매력이 있는 사람은 민족 부역자일 가능성이 높았다. 나는 그들보다는 지식인층이라는 사람들이 무슨 생각을 하고, 무슨 말을 하는지가 궁금했다.

"그런데 조금 걸어야 하는데 괜찮겠는가? 평소라면 전차가 다녀 타면 금방인데…… 지금은 운행을 하지 않네."

박현근은 조심스러운 얼굴로 내게 물었다.

"어쩌겠는가 전차가 안 다니면 걸어가야지. 가지."

서울 시내를 다니는 노면전차 운영사인 경성전기주식회사는 일본인 간부들은 도망치고, 남아 있는 직원과 위원회의 지하동맹 출신 인원 중 전기기술자가 투입되어 정전이 일어나지 않도록 점령한 발전소를 관리하는 중이었다.

그러나 경성 시내를 운행했던 전차까지는 인원이 모자라 운행하지 못하고 있었다.

"이리 가면 되네."

박현근의 안내를 받아 저녁을 먹은 종로에서 나와 위원회관 방향인 서대문 쪽으로 향했다.

"어디로 가나?"

최지헌이 앞서가는 박현근에게 물었다.

"다방은 장곡천정長谷川町에 많이 있네. 일단은 나전구羅甸
區로 가려고 하네."

나는 들어도 잘 모르는 곳이었는데, 최지헌은 설명을 듣고
아는 곳인지 고개를 끄덕였다.

"그곳이 가장 큰 다방인가?"

"그러네. 개업한 지는 몇 년 되었는데, 가장 크고 화려해
인기가 많아 이 시간에도 손님은 많을 것이네."

박현근의 설명을 듣고 청계천을 건너 30분 정도 걸어갔다.

덕수궁 근처를 지나니 금세 사람들이 꽤 많이 보이는 거리
가 나왔다.

카페Cafe나 다방이라는 간판을 단 가게가 눈에 들어왔고,
박현근은 그곳 중 나전구라는 간판을 단 가게로 들어갔다.

자리는 나와 무명이 한 자리, 바로 옆자리에 박현근과 최
지헌이 앉기로 했다.

이곳으로 오며 박현근이 남자 네 명이 한자리에 앉아 있으
면 오히려 눈에 띈다 말했고, 내가 두 사람씩 따로 앉자고 대
답했다.

최지헌은 경호가 힘들다며 반대했지만, 결국 내 뜻대로 다
른 자리에 앉기로 하고, 나전구로 들어갔다.

나전구는 박현근의 말대로 넓은 실내에 유럽풍으로 꾸며진 인테리어로 엄청나게 화려했다.

테이블마다 사람들이 앉아 흘러나오는 클래식 음악을 듣거나, 자신들의 자리에서 커피나 맥주를 마시며 조용한 목소리로 대화했다.

전체적인 사람의 숫자는 이설설농탕보다 많았는데, 음악 소리와 사람들의 조용한 목소리로 전체적인 소리는 더 작았다.

빈자리를 찾다 보니 군데군데 비어 있었는데, 나와 무명이 먼저 들어가서 자리에 앉자, 최지헌과 박현근이 허리 높이에 낮은 칸막이를 사이에 두고 있는 무명이 앉은 바로 뒷자리에 붙어 앉았다.

경호에 지장이 없게 하려는 최지헌의 눈물 나는 노력에 빙그레 미소가 지어졌고, 무명도 나와 같은 생각인지 내 미소에 화답했다.

"그러니까 대학생과 젊은 사람의 민족의식을 고양하기 위해서는 우리 문인들이 나서야 하네."

내가 앉은 자리 등 뒤에 청년 두 명이 앉아 있었는데, 그 젊은 청년 두 명은 낮은 목소리로 대화했지만 바로 붙어 있어 집중만 하면 충분히 그들의 대화를 엿들을 수 있었다.

나는 그 둘의 목소리에 집중했다.

"이미 위원회관에서 많은 문인을 체포했는데, 어쩌자고

그러는가? 모난 돌이 정 맞는 거네. 이런 시기일수록 조심해야 해."

처음에는 아무 생각 없이 들었는데 대화 내용이 흥미로워 더욱 집중했다.

"그건! ……체포된 가야마 미쓰로香山光郎같이 민족 반역 행위를 해서 잡아간 것이네. 자네나 나 같은 탄압을 받아 온 사람들이 나서서 격려문을 돌리고, 대학생들을 이끌어야지 왜 이리 부정적인가? 혹시 자네도 나 모르게 그 새끼들처럼 쪽발이 놈들을 찬양하는 글을 썼나!"

상대적으로 조금 더 굵은 목소리의 청년은 순간 목소리가 높아졌다가 다시 조심하며 말했다.

"응? 날 뭐로 보고, 아닐세! 하지만 우리가 직접 나서는 것은……."

두 사람은 글을 쓰는 사람들인지 문인이라는 말이 자주 나왔다.

그들의 말대로 치안대는 경성에 있는 기자와 문인, 소위 '먹물'이라 부르는 사람 중 글로 부역 행위를 한 사람은 총독부와 경찰서의 사냥개가 되어 앞잡이 역할을 한 사람들과 함께 민족 반역자 중 가장 먼저 체포했다.

직접 몸으로 반민족 행위를 한 사람도 중요하지만, 문인과 기자, 글로써 부역한 사람들을 처벌하는 것도 아주 중요하게 생각했다.

그들은 일본이 어떤 짓을 하는지 잘 알면서도 신문과 책, 포고문으로 황국의 신민이 될 것을 종용하고, 성전聖戰에 나아갈 것을 주창해 아무것도 모르는 어린아이부터 학생, 성인 할 것 없이 무지無知로 인해 잘 모르는 사람들을 지옥과도 같은 전쟁터, 군수공장과 탄광 등으로 내몰았다. 그리고 자신들은 떵떵거리며 살아온 사람들이었다.

이미 경성과 평양에서는 수백 명이 체포되었고, 늘어가는 수복된 땅에서도 색출해 체포 중이거나 체포할 예정이었다.

그래서인지 그들의 대화에 더 귀가 기울여졌다.

두 사람 중 한 명은 계속해서 설득했고, 다른 한 명은 약간 꺼리는 목소리였다.

"이미 경성제대의 일본인 교수들 태반이 도망치거나 체포되었고, 벌써 학생들의 자치위원회가 꾸려졌다고 하네. 우리가 넋 놓고 있다가는 뒤처진다는 말일세. 그들을 우리 쪽으로 끌어들여야 하네."

"나도 들어서 알고는 있네만, 우리만 움직이기는 위험하다는 걸 자네도 잘 알지 않나."

"사실 어제 심우장尋牛莊을 다녀왔네. 우리만으로는 안되니 도와달라고."

"……만해 선생님을? 선생님께서는 뭐라고 하시던가?"

"여운형 부위원장과 일전에 약간의 교류가 있었으니, 대화해 보겠다고 대답하셨네. 이럴 때일수록 우리와 우리를 따르던 대학생들을 설득해 만해 선생님께 힘이 되어 드리고 우리 목소리를 내야 하네."

"인규랑 태일이 석방 시위 때 우리가 이우 왕자에게 위해를 가했으니 힘들지 않겠는가?"

아무런 생각이 없었는데, 한 친구의 말로 그날 일이 떠올랐다.

내가 일본군 장교였기에 내 잘못이 더 커 얼굴이 화끈거렸다.

"……그걸 알까? 그리고 우리도 그 사람이 이우 왕자였다는 건 나중에 신문을 통해서 알았잖아. 일본군 제복을 입고 있어 오해로 빚어진 일이네."

"솔직히 마음이 편하지는 않아."

두 사람의 대화를 종합하니 그들이 누구인지 짐작할 수 있었다.

만해 한용운을 따르는 사람이며, 직업은 문인이나 학생, 경성에서 10만 명이 모였던 전인규, 김태일 석방 시위에서 주도적인 역할을 했던 사람이었다.

조금 더 대화해 정보를 주기를 바랐는데 두 사람은 그 뒤로 금방 흘러나오는 음악으로 주제를 바꿔 그들의 단체나 성향, 이름이 정확히 무엇인지 알아내지는 못했다.

그 두 문인의 대화를 제외하고는 다들 평범한 대화가 주를 이뤄 내 귀를 잡아끄는 건 없었다.

설렁탕집과 종로, 광화문통을 지나는 사람들, 카페의 사람까지 살펴보니 생각보다 평범했다.

며칠 전 거리가 피로 물들었다고는 생각되지 않을 정도로 사람들의 표정은 밝았고, 대부분은 기쁨과 희망이 섞인 얼굴로 대화했다.

물론 민정도같이 불만과 분노가 섞인 사람도 간혹가다 한두 명씩 눈에 띄었으나, 그들이 소란을 피우거나 하진 않았다.

"오늘 일은 모두 잊게. 그리고 박현근 통신원도 안내하느라 고생했네."

"전하를 모실 수 있어 영광이었습니다, 전하."

안내역을 맡았던 박현근과 위원회관 후문에서 헤어져 그는 자신의 숙소를 찾아갔다.

7장

　위원회관 후문의 임시 숙소는 하늘에서 내리는 비가 천막에 부딪히는 소리로 가득 차 있었다.

　나와 무명, 최지헌은 위원회관의 후문을 지키고 있던 초병에게 향했다. 그러곤 정문에서와 똑같이 최지헌이 먼저 다가가 내 신분을 증명했고, 그들의 경례를 받으며 위원회관으로 들어갔다.

　"류건율 치안대장이 치안을 제대로 확립하고 있군."

　"그렇습니다, 전하."

　혼잣말처럼 말했는데, 평소의 위원회관과 다르게 조용해 바로 뒤를 따라오던 최지헌이 내 말에 대답했다.

　오늘 저녁 외출하기 전 류건율 치안대장이 가져온 보고

서에 따르면 어제부터 오늘 저녁까지 개인적 복수로 생긴 살인을 비롯한 살인, 상해, 강도 같은 강력 범죄는 경성, 평양, 개성 등 치안대의 영향이 미치는 곳에서는 일어나지 않았다고 했는데, 오늘 나가서 그 보고서가 사실임을 확인했다.

보고서를 의심하지는 않았으나, 글자와 숫자로만 보는 것이 아니라 내 눈과 귀, 몸으로 체감해 보려는 외출이었다.

그리고 다행히도 만족할 만한 잠행을 마쳤다.

"자네는 부위원장에게 가서 아직 침소에 들지 않았으면, 잠시 봤으면 좋겠다고 전하게."

2층 계단으로 올라가며 최지헌에게 말했다.

"알겠습니다, 전하."

"민대식이라……. 아 그리고 민정도는 아무런 혐의가 없는 건가? 정보부에 들러 민대식에 관한 자료를 가져오고, 민정도에 대한 자료도 있으면 가져오게."

'이문설농탕'에서 큰소리치던 민정도가 떠오르자 민대식이 떠올랐고, 내게 인사하고 가려는 최지헌을 손 들어 잡은 후 추가 지시를 했다.

"확인 후 가져오겠습니다, 전하."

"알겠네."

위원회관의 내 사무실로 들어서자 제국익문사의 요원 두 명과 기록국의 문서기록관 한 명이 문 근처의 의자에 앉아 나를 기다리고 있었다.

"다들 고생했네. 자네들은 나가 봐도 괜찮네."

"전하, 방문객이 옆방에서 기다리고 있습니다, 전하."

내 방을 지켰던 제국익문사 요원이 말했다.

"방문객? 누군가?"

이 시간에 방문객이 있다는 게 이상해 물었다.

"독리가 직접 모시고 와서 이름은 확인하지 못했습니다, 전하."

"알겠네. 자네들은 나가고, 무명이 가서 확인하고 데려오게."

내 말에 무명이 고개를 숙여 대답하고는 나갔고, 다른 두 요원도 내 사무실을 나서 사무실 입구를 밖에서 지켰다.

나는 위원회관 자체가 경비가 삼엄하니 필요 없다 했으나, 다른 세 사람 독리와 위원장, 부위원장의 반대로 위원회관 내에서도 최소 세 명 이상의 요원이 나를 경호했다.

방을 나선 무명이 금방 방으로 들어왔고, 쪽지를 한 장 가져왔다.

중경에 있던 유리 제프리와 요시나리 히로무가 도착해 있습니다, 전하.

무명이 건넨 쪽지를 보며, 나는 자리에서 벌떡 일어났다.

유리 제프리가 찾아오는 것은 충분히 예상할 수 있는 부분이었으나, 히로무는 아니었다.

"어서 들이게."

히로무는 이 전쟁이 끝나거나 최소한 소강상태에 들어간 이후 중경에서 데려올 생각이었다.

그런데 그가 나타났다는 것은 심재원 사무가 알지 못하는 일이라고 추측됐다.

대부분의 임시정부의 사람은 미군의 수송기로 경성으로 들어왔고, 중경에는 상처를 입은 사람이나 피난민, 우리가 구출한 대한인과 아이들만이 남았다.

심재원 사무를 비롯한 요원 몇 명과 임시정부의 사람 몇 명만 남아 그곳을 정리하고 우리나라 사람을 보호하는 역할을 수행했는데, 히로무는 이시영 법무위원을 통해 중경에서 보호하다가 그 역할을 심재원 사무가 이어받았었다.

그런데 갑자기 아무런 연락도 없이 그가 내 눈앞에 나타나 놀랄 수밖에 없었다.

무명이 문을 열자 나를 발견하고는 눈동자가 흔들리는 히로무가 눈에 들어왔다.

그의 상태를 전해 들어 알고 있었지만, 실제로 보니 더 가슴이 아팠다.

왼팔이 있어야 할 위치에는 얇은 천이 앞뒤로 붙어 흔들렸고, 근육질의 다부진 몸이던 그의 몸은 근육이 사라지고, 평범하게 바뀌어 있었다.

"히로무!"

"우야!"

내가 그에게 다가가면서 소리치자 그도 내게 소리치며 다가왔다.

"이우! 이 개자식아!"

내게 다가온 히로무는 내 얼굴을 향해 주먹을 날렸다.

충분히 피할 수 있는 상황이었지만, 히로무의 돌발 행동을 보고 막으러 오던 무명까지 손짓으로 제지하곤 그의 주먹을 피하지 않으며 그대로 맞았다.

툭.

소리는 요란했으나 히로무의 주먹에는 힘이 하나도 실려 있지 않아서 전혀 아프지 않아 내 고개가 살짝 돌아가는 게 전부였다.

"이 개자식아, 살아 있다면 살아 있다고, 말을 해야지! 네 목숨을 대신해 내가 살아남은 줄 알고 내가 얼마나! 얼마나……."

나보다 키가 훨씬 큰 히로무가 내 멱살을 잡고 흔들며 말했다.

키 차이가 있어서 잘못 보면 성인이 어린 학생의 멱살을 잡고 있다고 느낄 수도 있다고 생각됐다.

"미안하다. 상황이 어쩔 수 없었어."

"날 데려온 미군 장교가 아니었다면……. 넌 도대체 나를 언제 만날 생각이었냐?"

미군 장교라는 말에 여러 사람이 떠올랐지만, 그를 직접 데려온 유리 제프리가 가장 유력하게 떠올렸다.

"경성이……. 경성이 안전해지면 너를 경성으로 데려올 생각이었어."

"그럼 살아 있다는 말이라도 해 주든가!"

"그것도 미안해. 이번 작전이 성공하려면 나는 완벽하게 죽은 사람이어야 했어."

임시정부에도 공개하기는 했지만, 제국익문사에서 히로무가 간자 아니라는 확신을 하지 못하니 제국익문사 요원들의 불안한 마음을 줄이기 위해서라도 어쩔 수 없는 선택이었다.

그러나 히로무에게 미안한 마음이 드는 건 막을 수 없다. 특히 이렇게 얼굴을 보니 더욱 그런 마음이 커져 아프게 했다.

"귀띔만이라도 있었으면 이러지는 않았지!"

히로무는 내 얼굴을 오랜만에 봐서인지 상기된 목소리가 잦아들지 않았다.

"……팔은 왜 그런 거야?"

대화를 돌리기 위해 그의 왼팔을 보면서 물었다.

"별거 아냐."

"고문…… 때문이야?"

정확히는 몰라도 고문을 받았고, 그로 인해 왼팔이 썩어 들어갔으며 석방된 이후 병원에서 절단했다는 이야기를 이시영 법무위원이 중경에 있을 때 내게 전해 주었다.

사람의 팔을 잘라 내야 할 정도로 고문했다는 말에 그 고문이 어떤 고문이었는지 짐작조차 되지 않았다.

"어차피 죽을 목숨이었어. 네가 사망했다는 소식이 아녔다면 이미 난 죽었을 거야. 어찌 보면 네 덕분에 살아남았으니 신경 쓰지 마."

"결국 나 때문에 고문을 받은 게 맞구나. 미안하다."

"내가 문제였지."

히로무와 나는 서로 '미안하다.', '나의 탓이다.'라는 말만 했다.

한참을 서로의 눈을 바라봤다.

히로무의 눈이 충혈된 만큼 나의 눈도 충혈되어 있으란 것도 잘 알고 있었다.

몇 분간 말없이 바라보다가 누가 먼저랄 것 없이 말을 꺼냈다.

"……살아 있어서 고맙다."

이거면 충분했다.

"죽지 않고, 살아서 고맙다."

살아 있고 만났다. 우리 둘은 똑같은 말을 주고받았다.

더 긴 이야기를 나누고 싶었지만, 그와 함께 온 유리 제프리도 나와 대화하기 위해서 기다리고 있었다.

동아시아 담당자가 한가하게 이곳으로 히로무를 데려다주기 위해서만 올 리 없었다. 그래서 그를 오래 기다리게 할 수 없어 짧은 해후를 끝으로 히로무는 찬주와 아이들을 보기 위해 낙선재로 향했다.

히로무가 나가고 잠시 후 갈색 곱슬머리에 뚜렷한 이목구비를 가진 유리 제프리가 내 방으로 들어왔다.

"오랜만에 뵙습니다, 전하."

제프리는 처음 만났을 때같이 모자를 살짝 들어 올리며 인사했다.

"내게 언질도 없이 사람을 실어 나르는 걸 보니 요즘 OSS의 일이 한가한가 모양이군."

그가 나를 당황하게 만들었다는 게 마음에 들지 않아서 말이 곱게 나가지 않았다.

"하하하, 제 선물이 마음에 드셨나 봅니다. 조사하다가 알게 되었는데, 전하께서 잊으신 것 같아 모셔 왔습니다. 그리고 경성으로 들어오기를 희망하는 임시정부의 가족들도 함께 들어왔습니다. 경성의 비행장을 이용할 수 없어서 중경에서 블라디보스토크를 거쳐 이곳까지 먼 길을 돌아왔으니, 너무 나무라지 말아 주십시오, 전하."

제프리는 재미있다는 듯 빙그레 웃으며 말했다.

"안전을 위한 조치였을 뿐 다른 뜻은 없었네. 그런데 바쁜 동아시아 책임자께서 그 먼 길을 돌아 이곳까지는 무슨 일로 오셨나? 설마하니 산타클로스가 취미는 아닐 테고."

"전하께서 아이가 아니시니 산타클로스는……. 하지만 선물을 이리 마음에 들어 하시니, 제가 전하의 산타클로스가 되어 종종 준비해서 오도록 하겠습니다, 전하."

"이런 선물 말고, 나는 중령의 입에서 나올 말이 내게 더 큰 선물이 되었으면 좋겠네."

"선물을 드리자면……. 개인적인 선물입니다, 전하."

유리 제프리는 문서기록관을 힐끔거리며 대답했다.

그의 힐끔거림은 듣는 귀가 많은 곳에서 말하지 못한다는 표시였다.

"기록관일세. 이 내용은 앞으로 최소 30년 안에는 누구도 열람하지 못하니 괜찮네."

"……독대를 허락해 주십시오, 전하."

내 말에도 유리 제프리는 무명까지 돌아보고는 말했다.

유리 제프리는 자기 뜻이 관철되지 않는다면 말할 수 없다는 듯 그 말 이후로는 1분을 넘게 말없이 서 있었다.

"두 사람 다 나가서 기다리게."

무명은 문서기록관을 바라봤고, 문서기록관은 나와 무명의 눈빛에 잠시 망설이다가 문밖으로 나갔다.

두 사람이 나가고 나만 사무실에 남자, 그제야 유리 제프리는 자신의 품속에서 서류를 꺼내어 내 앞에 내려놨다.

"주위를 물려 주셔서 감사합니다, 전하."

"굳이 비밀 이야기를 하는 이유를 알지 못하겠군. 저 기록은 후대를 위해 만들어지는 것이고, 비밀 유지는 충분히 되네."

그가 내려놓은 서류를 들어 올리면서 유리 제프리에게 핀잔을 줬다.

"이것은 미합중국의 대통령께서도 문서나 기록으로는 남기지 않는 내용입니다. 이해 부탁드립니다, 전하."

그의 말을 들으며 들어 올린 서류를 살펴보니, 서류인 줄 알았던 종이는 A4 용지 크기로 접혀 있는 지도였다.

지도를 펼치자, 중국의 남부 해변을 포함한 동남아시아가 그려져 있었다.

지도도 축척이 작아서 군사지도로 쓰기에는 무리가 있고, 전체적인 모습을 보는 지도였다.

"그래도 지원하자면 돈이 필요하고, 국회의 동의도 필요하니 어딘가에는 기록이 남아 있지 않나?"

대형 지도였지만 지도를 보는 것만으로도 지금 유리 제프리가 가져온 내용이 내가 기다리고 있었던 내용임을 알 수 있었다.

"……OSS는 대통령 직속 기관입니다. 이 정도 지원은 국회의 동의가 필요 없습니다. 그리고 이 지원 내용은 이미 알려져 있습니다. 제국익문사도 파악하고 있는 내용일 것입니다. 제가 이런 말씀을 드리는 건, 이 내용 때문이 아니라 마지막에 드릴 말씀 때문입니다. 그건 전하를 제외한 그 누구도 알아서는 안 됩니다, 전하."

"일단 알겠네. 말하게."

대충 훑어본 지도를 탁자 위에 내려놓으며 말하자 유리 제프리가 지도를 탁자 위에 보기 좋게 펼쳤고, 치앙라이와 치앙마이 일대가 그려져 있는 부분을 짧은 막대기로 가리키며 말했다.

"쏨락친이 이끄는 자유태국정부가 태국군을 몰아내고, 치앙마이까지 점령했습니다. 곡창지대가 있는 메콩강과 차오프라야강, 이 두 곳과 깐짜나부리를 지나 버마로 향하는 철도가 공사 중이라 이 세 지역을 중심으로 태국군과 일본군이 방어선을 펼치고 있어서 처음 예상보다는 손쉽게 점령했고, 이 선을 통해 미합중국의 지원을 받는 중입니다."

유리 제프리는 내가 있었던 중경에서부터 치앙마이까지 선을 그으며 말했다.

"지금 자유태국정부는 어디까지 점령한 것인가?"

내 질문에 제프리는 치앙마이에서 아래로 내려가다 한 곳을 가리켰다.

"치앙마이에서 1백 킬로미터 아래인 이곳의 산맥을 중심으로 중요 관문을 점령한 상태입니다. 메핑산에 거점을 두고, 추축군의 북진을 저지할 예정입니다."

"그곳에서도 자유태국정부는 환영을 받는가?"

가장 중요한 부분이었고, 궁금한 부분이었다.

대한국재건위원회가 한반도를 손쉽게 점령한 데에는 우리가 전광석화처럼 머리인 경성을 몰아친 이유도 있지만, 그보다 더 큰 요인은 우리에게 호의적인 국민이 있었기 때문이다.

그래서 빠르게 점령 지역을 늘여 갔고 부역자와 우리에게 위험이 되는 사람들을 잡아들일 수 있었다.

"……한반도에서의 전하만큼은 아닙니다, 전하."

"이상하군, 그곳에서 일본은 유화정책을 펼쳐서 그런가?"

"태국은 일본과 동맹국일 뿐 대한제국이나 중국처럼 직접 전투나 전쟁을 거쳐서 점령당했거나, 식민지가 되지는 않았습니다. 그래서 국민에게 직접 와 닿는 부분은 조금 차이가 있습니다. 그래도 정치적으로 소외된 북부에서는 자유태국정부에 대해 지지하는 사람들이 있습니다. 특히 태국 북부의 사람들은 자신들을 태국의 이전 이름인 시암 왕국의 국민이 아니고, 북부에 있던 왕국인 란나 왕국의 사람들이라고 생각합니다. 그래서 태국 남부와 조금 다른 문화를 가지고 있습니다, 전하."

유리 제프리는 처음에는 살짝 떨리는 목소리로 말하다가

북부에서는 지지를 받는다는 말부터는 목소리의 떨림이 없어졌다.

"한 국가라 생각하지 않는다?"

"……그렇게까지는 아니나, 점령당한 란나의 후손인 그들의 마음속에는 짜끄리 왕조에 대한 반감이 남아 있습니다."

"내가 잘 알지 못하는 부분이라 뭐라 말을 못 하겠군. 그런데 북부만 점령해 전선을 늘리는 것만이 연합국의 목적은 아니지 않은가?"

자유태국정부를 지원한 가장 중요한 이유는 버마로 가는 철로를 끊기 위해서였다.

이미 버마에서 밀리기 시작한 영국은 일본이 인도의 턱밑까지 와 있다는 걸 잘 알았고, 버마에서 일본군을 격퇴하고 아시아의 추축국에 위협을 없앤 이후 그곳의 병력을 유럽 전쟁에 투입하고 싶어 했다.

그래서 냉정하지만 연합국에 지금 중요한 것은 버마로 가는 철도였지 태국 북부의 해방이 아니었다.

그런데 자유태국정부가 란나 왕국을 앞세워 북부에서 환영받는다면, 시암의 후손인 남부로 내려가면 오히려 점령자로 보이며 지지는커녕 더욱 많은 저항을 받을 수 있었다.

"그렇습니다. 지금 자유태국정부가 남부로 진격할 여력은 없습니다. 그래서 이곳 메핑산이 중요합니다. 방콕에서 북부로 군사가 이동 가능한 길은 이곳과 이곳 두 곳이 있습니다. 하지만 메핑산 옆의 이 길을 제외하면 기찻길이 없어 그곳을 통해 북쪽으로 진격하게 되면 좁고 험난한 산길을 지나 운송 해야 해 보급이 힘듭니다. 그래서 적군이 북부 공략을 위해 선택할 수 있는 길은 이곳 메핑산과 메와산 사이의 1번 도로 뿐입니다. 이곳에서 적군이 북부로 향하는 진격을 막으면, 치앙마이의 수텝 공항을 이용해 주요 철로가 있는 깐짜나부 리에서 모울메인까지의 철로를 폭격해 보급에 타격을 줄 예 정입니다."

OSS는 처음부터 군대를 동원해 남부를 점령할 생각이 없 었고, 치앙마이의 비행장이 목표였다.

"많은 준비를 했고, 지금까지는 좋은 결과가 있어 다행이 군."

"감사합니다. 하지만 아직 중요한 추축국의 북진 저지 작 전은 시작도 하지 않았습니다. 앞으로의 한 달이 정말 중요 합니다."

내 칭찬에도 유리 제프리는 차분한 목소리를 유지했다.

"그건 우리 한반도도 마찬가지일세."

"그렇습니다. 앞으로의 한 달이 이번 전쟁의 결과를 결정 할 것입니다, 전하."

"태국은 알겠고……. 다른 곳은 아직인가?"

OSS가 움직인 지역이 태국 말고도 있다는 걸 잘 알고 있어서 물었다.

"아닙니다. 다음은 이곳 베트남독립동맹입니다. 지난번에 말씀드린 대로 월맹은 까오방성을 중심으로 활동을 시작했고, 한반도의 '반격' 작전 직후 움직였습니다. 1차 목표는 일본의 대륙 타통 작전을 저지하며, 베트남으로 가는 보급로를 끊어 버리는 것이었습니다. 그래서 중화민국과 합동작전으로 까오방성부터 시작해 친저우欽州와 잔장시湛江市를 탈환, 점령을 완료한 상태입니다. 이후 월맹은 하노이 탈환 작전을 준비 중이었으나, 애초의 계획은 동해의 제해권을 가져오면 남해로 진출해 잔장시의 부두로 보급해 하노이 탈환 작전을 펼친다는 것이었으니……."

"실패했지."

동해는 지금 공해라고 봐도 되었다.

일본은 본토에는 동해의 제해권을 가져갈 해군이 턱없이 부족했고, 일본 본토에서 출격하는 전투기의 위험으로 미 해군도 완벽하게 제해권을 가져오지도 못한 상태였다.

"그렇습니다. 그래서 하노이 탈환 작전은 조금 연기하고 지금의 전선을 유지한다는 계획입니다. 그래도 일단 하나의 전선을 더 형성하고, 중국에서 동남아로 가는 보급로를 끊은 덕분에 본토의 일본 육군이 신경 써야 하는 부분이 더 생겼습니다. 그리고 마지막으로 이번 작전의 핵심은 이곳입니다."

유리 제프리는 동아시아와 동남아시아, 호주까지 그려져 있는 지도의 중앙을 지목하며 말했다.

"보르네오섬?"

보르네오섬에 대한 사전 지식이랄 게 거의 없었으나, 유리 제프리가 가리킨 자리에 적혀 있는 이름을 읽었다.

"그렇습니다. 이곳이 일본이 우리 진주만을 불법 기습한 이유입니다. 특히 보르네오섬 북부의 브루나이는 석유와 목재 같은 가장 중요한 전략자원이 풍부한 지역입니다."

"……용케 그곳에서 협력자를 찾았군."

보르네오섬은 일본이 점령한 지역의 한가운데 위치한 섬으로, 지금 상황에서 미군이 직접 투입되어 전쟁을 치르거나 점령할 수 없는 지역이라 누군가 그곳에 협력자가 있다는 뜻이었다.

"그게 제가 하는 일입니다, 전하. 우리 OSS의 요원이 투입되어 보르네오섬의 젊은 지도자인 툰 압둘 후세인과 접촉했습니다. 그리고 그를 통해 북부 사바주를 중심으로 세력을 규합했습니다."

세력이라…….

나도 한반도 내에 세력을 규합했지만, 미군의 지원이 없었다면 일본과 비교했을 때 조족지혈에 불과했다.

그래서 툰 압둘 후세인이 얼마나 세력을 규합했는지 의문이 들었다.

"이제 접촉을 했다면……. 작전을 진행하기에 세력은 충분한가?"

유리 제프리의 설명에서 전망이 그리 밝게 보이지 않아 우려 섞인 목소리로 물었다.

"사실 툰 압둘 후세인에 대한 접촉은 전하보다 조금 이른 시점이었습니다. 우리와 접점이 없던 전하와 달리 그는 영국에서 오랜 유학 경험이 있어 접촉하기가 더 용이했습니다. 단지 처음 접촉 시 그가 전하만큼의 세력을 가지고 있지 못해 작전할 수 있는 세력을 만들기까지 시간이 걸렸고, 이제야 겨우 작전을 시작할 요건이 충족된 상태입니다."

나보다 더 먼저 접촉했다는 말에 조금 놀랐다.

제2차 세계대전의 양상과 진행은 어느 정도 알고 있었으나 동남아시아의 독립 역사에 대해서는 잘 알지 못했다.

그래서 미국이 이렇게도 신속하게 움직였다는 부분에서 놀랄 수밖에 없었다.

"그는 민중의 지지를 받는가?"

태국에서 자유태국정부가 그리 환영받지 못한다는 말에 약간의 두려움이 생겼다.

거기다 태국까지는 중경을 통해 직접 지원이 가능하지만 보르네오섬은 일본 해군을 괴멸시키지 않는 이상 접근이 힘들어 보여 물었다.

거리로 생각하면 서호주나 치앙마이에서 비행기로 지원하

면 되나, 치앙마이에선 추축국 지역인 방콕을 지나서 가야 했고, 서호주의 퍼스공항에서 간다고 해도 일본 점령지인 말레이제도를 넘어가야 했다.

결국, 양쪽 어디서도 가는 게 쉽지 않을뿐더러 그 어려움을 뚫고 그곳에 가는 걸 성공해도 그곳의 공항을 확보하지 못하면 보급할 수가 없었다.

거기다 아시아의 중앙에 고립된 지형이라 미 해군의 진출도 불가능하니, 보르네오섬의 사람들에 지지를 받는 게 정말 중요해 보였다.

"영국의 식민지였다가 일본이 점령한 식민지입니다. 그곳의 사람들은 일본과 영국 모두 점령자로 보고 있습니다. 그래서 툰 압둘 후세인이 중요합니다. 그는 브루나이의 유력 가문에 장자로 명망이 높고, 보르네오 사람들의 높은 지지를 받고 있습니다. 그가 규합한 세력으로 수일 내 일본군에 타격을 주기 위한 작전을 시작할 예정입니다."

일본군에게 타격을 주기 위한 작전이란 말은 보르네오섬을 탈환해 점령, 유지하는 작전이 아닌 게릴라전을 펼친다는 뜻으로 들렸다.

"적진의 정중앙인데…… 괜찮겠는가?"

일본군은 자국군이 피해를 받으면 다수의 민간인을 상대로 무지비한 복수를 했다.

간도 참변 때도, 난징 대학살 때도, 그리고 중국과 한반도, 동남아에서도 크고 작은 학살을 무자비하게 해 왔다.

그건 미국도 여러 경로를 통해 잘 알고 있었다.

툰 알둘 후세인이 어떤 형태로 전투를 치르는지 알 수 없지만 작은 성공 이후 해당 지역을 점령하지 못해 그런 식의 복수가 이어지면 지지하던 사람들도 지지를 철회할 수밖에 없어 걱정스럽게 물었다.

"위험성은 크지만 성공했을 때 충격은 한반도보다 더 클 것입니다. 일본군은 이곳 대한국재건위원회, 자유태국정부, 베트남독립동맹의 활약으로 자신들이 애초에 예상했던 전선과는 전혀 다른 전선을 형성 중입니다. 전선이 확대되면서 일본이 더는 자신들의 의지로 확전하지 못하는 상황으로 몰아붙였습니다. 특히 이곳 한반도와 베트남독립동맹이 점령한 지역은 일본군으로서도 전략상 아주 중요한 곳입니다. 그런 지금 시기에 석유와 목재가 나오는 보르네오섬의 기반 시설이 타격받는다면, 일본은 확전은커녕 지금 전선을 유지하는 것조차 버거울 것입니다, 전하."

"그렇게만 된다면 좋겠지. 하지만 일본에도 중요한 곳인 만큼 많은 부대가 주둔 중일 텐데, 그곳을 탈환하기는 힘들지 않겠나?"

일본이 미국을 공격할 정도로 중요하게 생각하는 지역이라면 상식적으로 생각해도 최정예부대가 주둔하고 있을 것이다.

"탈환은 처음부터 생각하지 않고 있습니다. 툰 압둘 후세인과 접촉했을 때 수립한 작전은 밀림을 거점으로 하는 게릴라전이었습니다. 밀림에 거점을 두고, 브루나이의 세리아의 유전과 항만 등 주요 시설을 공격해 파괴하는 작전을 수립했습니다. 특히 거점으로 삼은 이 지역은 수백 마일의 밀림이 우거져 현지 사람들도 들어가기 힘겨워하는 곳이니, 일본군이 쉽게 접근하지는 못할 것입니다."

밀림을 중심으로 하는 게릴라전. 공교롭게도 미래에 베트남에서 월맹이 펼쳐 미국을 패퇴하게 만든 작전을 미국의 사람인 유리 제프리가 말하고 있었다.

"게릴라전을 당한 복수로 민간인에게 엄청난 피해가 생길 수도 있네. 그러면 그를 지지하는 세력이 약해지기 마련이야."

"희생 없는 자유는 없습니다. 그 부분은 툰 압둘 후세인도 잘 알고 있습니다, 전하."

과연 미국의 전쟁을 도움으로 자유를 가져갈지는 알 수 없지만 더는 말하지 않았다.

"그도 힘들겠군."

"툰 압둘 후세인이 며칠 뒤 예정된 작전을 시작하여 일본의 이목을 끌면, 일본은 그들의 의지와는 무관하게 남태평양에 나가 있는 일본의 해군, 육군 주요 병력을 이곳을 사수하기 위해 투입할 것입니다."

"나는 일본 본토를 공격해서 남태평양의 함대를 돌린다고
만 알고 있었는데, 이미 다른 작전도 준비 중이었군."

"교토삼굴狡兔三窟. 중국말 중에 이런 게 있더군요. 언제나
플랜Plan B를 가지고 있습니다, 전하."

유리 제프리는 빙긋 웃으며 대답했다.

그의 표정에서 갑자기 무서운 생각이 들었다.

"경성 탈환 작전도 플랜 B가 있었나?"

나와 지하동맹, 제국익문사는 경성 탈환 작전에 모든 것을
걸었다.

그런데 이들은 어쩌면 우리가 실패했을 때 우리를 희생양
으로 삼아 다른 작전을 준비하지 않았겠느냐는 생각이 머릿
속을 스쳐 지나가며 몸이 살짝 떨리는 느낌이 들었다.

"실패하지 않는다는 확신이 있었습니다."

약간 떨리는 유리 제프리의 목소리가 실패에 대한 대비책
이 있었다고 짐작하게 했지만 더는 말하지 않았다.

"그렇군. 이게 내가 알아야 하는 작전의 전부인가?"

이미 지나간 일이었고, 지금 우리나라에 가장 큰 힘은 미
국이니 긁어 부스럼을 만들 이유가 없어 최대한 무심하게 반
응했다.

"한 가지 더 있습니다. 툰 압툴 후세인이 작전을 진행하
여 일본의 시선을 끌면 해군 중 일부가 앤잭(ANZAC : Australia
New Zealand Army Corps) 군단과 협력해 과달카날을 비롯한 남

태평양에 일본이 만들고 있는 비행장을 파괴할 예정입니다. 이미 해당 위치들은 도청과 초계기를 통해 파악한 상태입니다."

"결국, 그리되었는가?"

처음 반격 작전을 시행할 때도 영국은 엄청나게 반발했다고 들었었다.

미국 내에서 일부 장성들이 반발한 것과는 비교가 안 될 정도로 반발을 했는데, 남태평양의 섬들을 내어 주면 그곳에 비행장을 건설해 항속거리가 좋은 일본의 전투기로 호주 본토로 향하는 보급선을 공격할 수도 있다는 이유 때문이었다.

하지만 미국 본토인 진주만에 폭격을 맞은 루스벨트 대통령과 미국 의회, 미국민의 분노가 영국의 이익보다 앞섰고, 내가 보여 준 일본을 응징할 수 있는 비전을 보고 나서 강력하게 밀어붙여 반격 작전이 시작될 수 있었다.

하지만 한반도를 탈환했는데도 일본 본토의 전함만 출격할 뿐 남태평양의 일본 함대가 회군할 기미가 보이지 않으니 영국이 항의를 다시 시작했다고 짐작됐다.

"그래도 처음 계획보다는 남태평양으로 투입되는 전함이 줄었지만, 어쨌든 전력의 분산은 어쩔 수 없습니다, 전하."

"영국 때문인가?"

"……호주 역시 중요하다는 게 연합군 내부의 뜻입니

다."

유리 제프리의 쓴웃음으로 영국 때문이란 걸 알 수 있었다.

"그렇겠지. 그럼 동해는 어떻게 되는 건가?"

동해 제해권을 차지하자면 연합국 함대 전부가 움직여야 가능했다.

동해에 위협적인 함대는 없지만, 본토에서 이륙하는 전투기의 숫자가 만만치 않았다.

그들과 싸워 나가려면 최대한 전력을 집중시켜야 했는데 남태평양으로 전력이 분산되면 불가능했다.

"앞으로 1~2주는 적도에서 북상하는 태풍으로 양측 모두 해전을 치르기에는 무리가 있습니다. 그리고 미 해군 전함은 아군이 상륙한 이곳 홋카이도 쪽 북태평양을 중심으로 농성할 예정입니다. 또한, 태풍이 잦아들고 나면 동해는 블라디보스토크와 경성 두 곳에서 출격하는 전투기와 폭격기가 담당해 양쪽 모두 함대가 진입하지 못하게 막을 예정입니다, 전하."

유리 제프리는 최대한 조심스럽게 설명했다.

경성 탈환은 성공했지만, 결국 이게 실패했을 때를 대비한 플랜 B로 보였다.

한반도 진입은 제국익문사가 거의 모든 걸 담당했으니 반격 작전에서 한반도 점령에 실패해도 미국의 피해는 없었을 것이다.

반면 홋카이도는 미 해병이 직접 상륙했다. 그건 홋카이도는 절대 내어 주지 않고 전선을 유지할 생각이었단 뜻이다.

그리고 한반도를 탈환하지 못하면 이런 식으로 방어할 전략이었다고 생각됐다.

거기다 갑자기 튀어나온 태풍으로 미국이 전함을 돌려도 우리의 반발을 막을 수 있는 좋은 핑계가 생겼다.

"2주라고?"

"기상청의 의견으론 지금 부산 앞바다에 영향을 미치고 있는 태풍은 동해를 거쳐 3~4일이면 소멸할 것이랍니다. 하지만 그 뒤를 이어 비슷한 크기의 태풍이 북상하고 있습니다. 해당 태풍이 소멸할 것으로 예상되는 시기에 그 태풍에 이어서 예상 진로대로 이동하면, 1주일 정도는 더 한반도와 일본에 영향을 줍니다. 결국 일본 전함이 동해에 진출하려면 최소 일주일, 최대 2주일 후가 되어야 한다는 의견입니다."

"이 시기에 자연이 방어막을 만들어 준다니, 천운이 따르는군. 하면 우리의 예상보다 짧아지면 육상에 출격한 폭격기만으로 적 함대를 상대해 미 해군의 공백을 채울 수 있겠는가?"

이번 태풍은 정말 신의 가호라고 생각될 정도로 우리가 가장 약해져 있는 시점에 북상해 일본의 상륙을 막고 있었다.

하지만 다음 올라오는 태풍이 이전의 태풍과 똑같은 경로로 움직여서 일본군의 이동을 막는다고 믿는 건 너무 상황을 낙관하는 것이라 상황이 좋지 않았을 때에 미국의 대책을 물었다.

"전하께서 주신 아이디어가 있지 않습니까?"

"……무슨 말인가?"

내가 딱히 해상의 함대를 육상 전투기로 대처하는 전략을 알려 준 기억이 없이 유리 제프리가 무슨 말을 하는지 알 수 없었다.

"저는 말도 안 된다고 생각했는데, 우리 나라의 전쟁부(The United States Department of War) 사람들은 흥미롭게 생각했습니다. 잠시 보시겠습니까?"

"뭐를 말인가?"

"보시면 아실 것입니다, 전하."

유리 제프리는 계속해서 알지 못할 말을 했고, 의문스러운 내 표정을 뒤로하고 일어나더니 문밖으로 나가 문을 열었다.

그러자 최지헌과 함께 미군 네 명이 들어왔는데, 두 명은 한쪽 벽에 하얀색 천을 팽팽하게 설치했고 다른 두 명은 가지고 온 영사기를 하얀 천 맞은편에 놓았다.

8장

　설치가 끝나자 다섯 사람은 다시 밖으로 나갔고, 사무실에
는 아까와 같이 나와 유리 제프리만 남았다.
　"이게 다 뭔가?"
　"잠시만 기다려 주십시오. 준비가 다 되었습니다, 전하."
　내 질문에 유리 제프리는 자신의 가방에서 꺼낸 필름 통에
서 필름을 꺼내 영사기에 연결하면서 대답했다.
　금방 필름이 연결되었고, 밖은 이미 어두웠는데도 창문으
로 다가가 커튼을 치고 방 안에 켜져 있던 전등을 껐다.
　그러자 영사기에서 나오는 불빛을 제외하고는 어둠에 휩
싸였다.
　"시작하겠습니다."

커튼을 치고 돌아온 유리 제프리는 영사기의 버튼을 눌렀고, 좌르륵 소리와 함께 화면이 움직이기 시작했다.

음향 시설은 안 해서인지 필름 돌아가는 소리만 방 안에 들렸고, 비행기에서 촬영된 듯한 영상만이 벽에 비쳤다.

"비행기인가?"

"네. 2주 전 있었던 실험을 녹화한 영상입니다."

1분 정도의 비행이 지나자 비행기에서 폭탄이 아래로 떨어졌고, 영상은 그걸 촬영했다.

두 발의 폭탄이 지상을 향해서 30초 정도 떨어졌고, 그 후 바닥에서 흑백이라 정확히 구분이 가지 않았지만 두 개의 커다란 흙먼지가 피어올랐다.

나는 그제야 이게 뭔지 알게 됐다.

"아! 이건!"

내가 감탄사를 내뱉을 때 지상에서 촬영된 화면으로 바뀌면서 콘크리트 건물이 처참하게 무너져 내리는 장면들이 눈에 들어왔다.

그리고 카메라가 주변을 돌리자 두 번째 폭탄이 떨어진 곳은 활주로 형태로 만들어진 곳이었는데, 원래는 깔끔하게 깔려 있었을 콘크리트가 가뭄에 온 논바닥처럼 자잘하게 갈라져 있었다.

"내부로 파고드는 폭탄, 전하의 생각이 만들어 낸 폭탄입니다."

"위력이 괜찮았나 보군…….."

중경에 있을 때 유리 제프리에게 아이디어를 제공했던 폭탄이었다.

무게 6천 lbs(약 2.7톤)에 꼬리 날개를 달아서 콘크리트를 부수고 들어가 터지는 폭탄이었다.

중경에 있을 때 일본이 하는 폭격을 겪었는데, 육안으로 폭격을 진행하다 보니 목표물을 맞히기도 힘들었고, 설사 목표로 하는 건물에 직격해도 폭탄이 콘크리트 위에서 터지니 건물에 두꺼운 콘크리트로 방공 시설이 되어 있다면 피해가 크지 않다는 것을 보았다.

그때 미군 역시 같은 방식으로 폭격을 하고 있다는 걸 알게 되어 제공한 아이디어였다.

유리 제프리에게 내가 죽음으로 위장해 중경에 머무르는 이유와 경성 탈환 작전에 대한 암시로 사용했던, 폭죽에서 얻은 화약을 목각 인형의 내부에서 터트릴 때와 외부에서 터트릴 때의 위력 차이에서 처음 떠올렸었다.

그 뒤 미래에 있을 때 TV에서 봤던 땅속을 뚫고 들어가 터지는 벙커버스터를 떠올려 충분히 실현 가능하지 않을까 하는 생각으로 제안했었다.

벙커버스터의 정확한 원리는 모르지만, 지금의 방공호가 콘크리트를 두껍게 발라 만들었기에 공중에서 적당한 무게와 꼬리날개로 회전을 주면 그 정도는 충분히 뚫고 들어갈 수 있다고 생각했다.

"괜찮은 정도가 아닙니다. 처음 말씀하셨던 6천 파운드보다 더 무게를 늘려 B−17에 두 개가 실릴 수 있는 한계 무게로 제작해 한 개에 1만 2천 파운드의 무게로 만들었는데, 위력이 상상 이상입니다. 이것은 1만 5천 피트 상공에서 목표물을 향해 폭격한 영상인데, 폭탄이 땅속 1백 피트를 뚫고 들어가 터졌습니다. 그래서 지진파와 비슷한 형태의 충격이 생겼고, 목표물의 근처에만 떨어지면 땅을 흔들어 건물을 무너뜨렸습니다. 건물에 적중한 이후 터트려 무너뜨린다는 기존의 패러다임과 전혀 다른 패러다임으로 폭격할 수 있을 정도입니다."

오히려 미국의 생각은 한발 더 나아갔다.

내가 제안한 것은 방공호를 뚫을 수 있는 폭탄이었는데, 이들은 거기서 한발 더 나아가 정확하지 않은 조준이라도 근처에만 떨어지면 땅의 진동으로 건물을 무너뜨리는 폭탄을 만들어 냈다.

"나도 솔직히 장담하지 못했었는데……."

'……그걸 이렇게 빨리 실현한 미국이 무섭군.'

차마 뒷말은 하지 못하고 삼켰다. 내가 유리 제프리에게 아이디어를 말한 지 불과 석 달이 채 안 되는 기간이었다.

그런데 벌써 그 폭탄을 만들고, 폭격기에 싣고, 투하할 수 있는 장치까지 마련해 실험까지 마쳤다는 것에 충격을 받았다.

이미 영상은 끝났고 유리 제프리가 방 안의 불을 켰지만 방금 영상이 보여 준 충격이 쉽사리 가시지 않았다.

"저는 처음에 들었을 때 쉽게 이해하지 못했는데, 전쟁부에 소속된 연구원은 보자마자 현재 있는 기술의 조합으로 제작할 수 있어 연구, 개발 비용이 거의 들지 않고, 새로운 발상이지만 아주 위력적일 수도 있다는 말을 했습니다. 그리고 결과는 보시는 대로입니다."

"폭탄의 이름이 무엇인가?"

"대지진(Earthquaker)입니다."

"어스퀘이커라…… 무서운 이름이군."

"추축국에는 공포의 이름으로 기억될 것입니다. 이 무기를 여러 방면으로 제작 중인데, 하나는 지상을 목표로 하는 1만 2천 파운드급 폭탄, 다른 하나는 전함을 목표로 하는 4천 파운드급 폭탄입니다. 기존에는 전함을 공격할 때에 함교를 목표로 전투를 했는데, 그 패러다임이 바뀌게 되었습니다. 영상은 촬영하지 못했는데, 아국의 퇴역함을 대상으로 4천 파운드짜리 폭탄을 1만 피트에서 투하했고, 세 발을 떨어트려 한 발이 명중했습니다. 하지만 단 한 발로 3중 철판을 뚫고 들어가 내부에서 터져 해당 전함을 침몰시켰습니다. 기존의 폭탄이라면 수십 발을 쏟아붓고 나서야 겨우 전투 불능 상태로 만들고, 그 뒤로도 제대로 명중하는 폭탄이 몇 발 더 나와야지 침몰시킬 수 있었는데, 신형 폭탄의 위력은 어마어마했습니다. 미드웨이해전에서 기존의 함포사격으로 이루어지던 해상전을 함재기 위주의 전투로 패러다임이 바뀌었다면, 이 폭탄으로 또 한 번의 패러다임이 바뀔 것입니다. 물론 그것을 주도하는 것은 미합중국과 대한제국이 될 것입니다, 전하."

"칭찬이 과하군. 나와 대한국이 한 게 뭐가 있겠나? 다 미국이 하는 것이지."

"이 폭탄 자체가 전하의 아이디어입니다."

"내 얼굴에 금칠은 그만하고, 이 환상적인 위력을 자랑하는 폭탄은 언제쯤 한반도로 들어와 전투에 투입하나?"

이게 가장 중요했다.

폭탄이 있다는 게 아니라, 그걸 언제 실전에서 사용해 적에 타격을 입힐 수 있느냐가 가장 중요했다.

"제작 기간과 이송 기간까지 생각하면, 최소 3주 후에 들어올 예정입니다."

새로운 폭탄을 만들고 실험하는 데 석 달이 걸렸는데, 완성된 설계도로 폭탄을 양산해 운반하는 데 3주나 걸린다는 게 조금 이상했다. 미국에서 배로 가져오는 시간까지 고려해도 너무 늦었다.

실험용 폭탄을 완성해 영상을 찍은 시점이 2주 전이다. 미국의 생산력을 감안했을 때 2주의 시간이면 이미 양산에 들어가서 1차 분량의 폭탄을 완성해 한반도로 출발했거나 운송할 수송선에 선적을 완료해 출발 대기 중이어야 하는 시간이었다.

실험까지 마친 폭탄에 양산 준비가 2주나 걸렸다고는 생각되지 않았는데, 유리 제프리의 말처럼 한반도 도착까지 최소 3주 이상이 걸린다면 이제 막 양산을 시작한다고밖에 생각되지 않았다.

"이미 양산에 들어갔을 텐데 생각보다 오래 걸리는군……."

내가 인상을 찡그리며 말하자 유리 제프리는 내 눈빛을 한참 받아 내다가 자신이 생각해도 시간이 너무 오래 걸리고, 다른 설명이 없으면 이해하지 못하겠다고 생각했는지 조심스럽게 말문을 열었다.

"……전하께는 죄송합니다. 지금부터 드리는 말씀은 다른 사람들에게 전하지 않으셨으면 좋겠습니다. 부탁드립니다, 전하. 사실을 말씀드리자면, 전하의 말씀대로 이미 두 단위의 폭탄 모두 양산에 들어갔습니다. 단지 초기 생산된 물량은 모두 지금 호주로 향하고 있습니다. 물론! 절대 한반도를 가벼이 여겨서 그런 것은 아닙니다. 영국에서 여러 채널을 동원한 의견 전달이 있었고, 태풍의 영향으로 지금 당장 한반도나 블라디보스토크로 보급이 불가능하다는 점, 마지막으로 백악관에서도 이 전쟁에서 호주 역시 중요하다는 결론에 이르러 결정했습니다. 그래도 홋카이도를 방어하는 데 많은 해군력이 들어갈 예정이고, 전 해군이 호주로 향하는 것이 아닙니다. 이로 인해 남태평양에 생기는 공백을 이 폭탄으로 채울 예정입니다. 1만 2천 파운드급 폭탄을 아까 보셨던 바와 같이 활주로에 떨어뜨려 엉망으로 만들면 수개월간의 일본을 노력을 수포로 만들 수 있습니다. 솔로몬제도를 비롯해 남태평양에 일본이 시도 중인 비행장의 활주로를 모조리 비행기 이륙이 불가능한 폐허로 만들 수 있는 위력이니, 6천 파운드급 폭탄과 잘 조합하게 되면 현재 투입된 남태평양의 해군력으로 일본과 일전에서 우위를 점할 수 있다는 게 사령부의 판단입니다, 전하."

"다른 사람들에게 호주로 폭탄이 가고 있음을 비밀로 해 달라는 건 한반도의 사람들이 흔들릴 수도 있다는 뜻이군. 알겠네, 이 영상과 호주로 향하는 어스퀘이커는 아무에게도 알리지 않도록 하지."

조금 시간이 지나면 알게 될 일이었지만, 조금이라도 비밀을 유지해 주기로 했다.

이 사실이 새어 나가면 미국이 한반도를 우선순위에서 내렸다고 생각해 흔들릴 가능성이 높아 보였다.

결국, 비밀을 지키는 사이에 별다른 일이 생기지 않기를 바랐다.

"감사합니다, 전하."

"그런데 일본의 반응을 듣고 영국이 해군의 전면적 회군을 요구할 줄 알았는데……. 영국도 이 영상을 보았나?"

일본이 호주를 향한 야욕을 멈추지 않는 지금 영국이 태평양의 미 해군을 모두 호주로 돌리게 만들 수도 있었는데 그렇게까지 강하게 하지 않았다는 건 어스퀘이커를 투입해 비행장을 파괴한다고 알아야지 이해할 수 있는 부분이었다.

"……그렇습니다, 전하."

일본에 복수하자면 한반도가 중요했지만, 미국에 가장 중요한 동맹은 영국이었다. 그건 지금 유리 제프리의 대답으로 잘 알 수 있었다.

그리고 나도 영국보다 우리를 더 좋은 동맹으로 볼 수 없다는 걸 잘 알고 있었다.

인정하기는 싫지만 미국을 비롯한 서방의 국가는 유럽을 세계의 중심으로 보고 있었고, 그곳을 탈환하자면 영국이 중요하다는 건 세 살짜리 아이라도 잘 알고 있었다.

만약 일본이 진주만을 공격해 미국 본토에 타격을 주지 않았다면, 그리고 내가 단시간에 일본에 타격을 주는 작전을 제안하지 않았다면, 미국은 영국과 유럽을 더 먼저 지원하고 유럽에서의 전쟁을 더 우선시했을 거란 걸 잘 알았다.

아마 미국 대통령과 미국인들은 대한제국이 어디 붙어 있는 나라인지, 우리가 어떤 노력을 하는지 전혀 관심이 없었을 것이다.

하지만 루스벨트 대통령은 역대 대통령 중에서 내전이 아닌 이유로 처음 본토 공격을 당한 대통령이라는 치욕적인 기록이 있었고, 그 부분이 루스벨트 대통령의 마음속 무언가를 건드려 나를 지원하게 해 준 결정적인 이유일 것이다.

"호주도 중요하지. 그래도 내가 제안한 일이 좋은 결과를 가져와 호주와 비교해 홋카이도에 더욱 많은 해군을 지원해 준다니 고마울 따름이군."

씁쓸했지만, 미국의 행동을 뭐라 할 수는 없었다.

"이해해 주셔서 감사합니다, 전하."

"그럼 호주는 방어를 위주로 가는 것인가?"

미국의 태평양 함대가 홋카이도를 위주로 전술을 펼친다면, 호주에서는 공세적인 자세를 취할 수 없었다.

"이미 적의 턱밑에 칼을 들이댔습니다. 호주를 내어 주지 않으며 한반도와 북태평양에 집중시켜 일본을 함락시킨다는 게 연합군 사령부와 백악관의 뜻입니다, 전하."

미국은 양손의 사탕을 모두 쥐고 한 번에 먹겠다고 말하고 있었다.

두 달만 더 지나면 미국이 일본에 선전포고한 후 1년이 되는 날이었고, 이제부터 진짜 엄청난 생산량을 바탕으로 하는 미국의 저력이 나오는 시점이었기에 가능할 수도 있다고 생각됐다.

"알겠네. 그럼 동해에서의 반격은 3주 뒤가 되는가?"

"어스퀘이커가 준비되는 3주에서 한 달 동안 연합군 해군은 태평양에서 크고 작은 해전이 벌어지겠지만, 바다 위 현 전선을 사수하며 동해의 진입을 막을 것입니다. 그리고 연합군 육군은 빠르게 한반도와 만주의 잔존 일본 병력을 정리한 이후 북으로는 중국의 일본군과 전선을 형성하고, 남으로는 한반도를 모두 점령해 한반도 내에 일본의 영향력을 모두 걷어 낸다는 게 연합군의 작전입니다. 이후 블라디보스토크로 어스퀘이커가 들어오는 날을 기점으로 대대적인 공세를 취할 예정입니다. 특히 백악관에서는 11월 2일까지 서일본의 군수공장 지대를 초토화해 유의미한 결과를 만다는 계획입니다."

지금이 9월 중순인데 앞으로 최대 한 달 뒤 10월 중순에서야 폭탄은 도착하고 빨라도 10월 초 · 중순에 들어오면, 아무리 길게 잡아도 20일 정도 사이에 서일본의 군수공장을 초토화한다는 계획이었다.

무리가 있어 보이는 계획이었지만 왜 백악관이 11월 2일이라는 기준을 정했는지는 잘 알고 있어서 그 부분에 대해서는 말하지 않았고, 어스퀘이커의 보급 날짜가 일주일이 늘어난 부분을 말했다.

"한 달? 3주라 하지 않았나?"

"최대한의 기준으로 말씀드린 것입니다. 예정대로라면 3주 뒤 어스퀘이커가 한반도로 들어옵니다, 전하."

"알겠네. 그런데 일본이 가만히 있겠는가? 자네 말대로 턱 밑에 칼을 들이대고 있는 상황이네."

유리 제프리의 말대로 한 달 동안 아무런 일 없이 한반도를 지켜 낸다면 그의 말대로 되겠지만, 일본이 가만히 있는다는 게 말이 되지 않았다.

"홋카이도 부근에서 태평양 함대의 주력이 있을 예정이라 일본도 쉽게 움직이지 못할 것입니다."

쉽게 움직이지는 못하겠지만, 아예 안 움직이지도 않을 게 뻔했다.

홋카이도, 지금 미 해병이 상륙해 있으니 미국으로서도 더는 빼지 못하면서 막는 최후의 방어선이었다.

그래도 미 해병 덕분에 태평양 함대가 홋카이도를 중심으로 움직여 완벽히 해로를 빼앗긴 게 아니라서 다행이었다.

"남태평양의 해군이 회군해 주면 고마운 것이고, 아니더라도 본토의 선박만으로는 움직이기 힘들겠지."

"그렇습니다, 전하."

유리 제프리와의 대화에서 뭔가 머릿속에서 걸리는 느낌이 들어 그의 대답을 듣고도 한참을 생각했다.

이 보고가 마지막이었는지 내가 나가라는 말을 하지 않으니 유리 제프리는 조금 이상하단 표정으로 나를 주시했다.

그러다 내 신경에 걸리고 있는 게 뭔지 떠올랐다.

"아! 남태평양으로 연합군 일부를 돌리면 우리 군의 보급은 어떻게 되는가? 남아 있는 전력으로 보급선단이 진입할 기회를 만들 수 있겠는가?"

전쟁을 수행하는 데 가장 중요한 것은 보급이다.

전쟁 물자를 생산하고, 보급해 전선에 쓸 수 있게 하는 것.

특히 예정되어 있는 2차 보급은 해안선 방어와 북부 전선 방어에 사용될 야포와 전차, 식량이 포함되어 있어서 정말 중요했다.

그런데 연합군이 동해로 진입하는 척하며 일본군과 대치, 전투를 치를 때 우회한 보급선단이 원산으로 들어온다는 계획에서 작전이 변경되었으니, 보급이 불투명해진 게 아닌가 불안해졌다.

"보급은 예정대로 다음 주 들어올 것입니다. 그 계획은 아직 유효하니 걱정하지 마십시오, 전하."

"알겠네. 그럼 우리도 11월 3일에 백악관에 도움이 되도록 노력하지."

유리 제프리는 내가 직접 11월 3일을 이야기하자 빙그레 웃으면서 대답했다.

"감사합니다, 전하."

11월 3일에는 대통령 선거 없이 미국 상원 34석과 하원 435석을 뽑는 통칭 '중간 선거'가 있었다.

2년 전 루스벨트 대통령은 뉴딜정책의 인기로 3선에는 성공했지만, 1941년까지 높은 실업률로 지지 기반이 많이 약해지면서 민주당 전체의 인기가 떨어졌었다.

물론 지금은 미국 전체가 전시 체제로 들어가면서 실업률 상황이 나아졌지만, 미국 역사 최초로 미국의 땅인 진주만이 피습을 당했다는 것과 과거 높았던 실업률, 그리고 고립주위를 지지했던 사람들이 미군의 직접적인 유럽 전쟁 참여에 회의적 입장을 고수하는 등 여러 가지 복합적인 이유로 이번 선거는 민주당에 쉽지 않았다.

그래서 미국의 주류 언론은 조심스럽게 공화당이 과반을 차지했던 1928년과 마지막으로 상원에서 민주당보다 우세했던 1930년보다 더 많은 의석을 가져가는 게 아니냐는 관측을 내놓고 있었다.

미국의 윤홍섭 박사는 워싱턴에서 바쁘게 움직이며 우리의 뜻을 미국 정가에 전달하고 설득하면서도 이번 중간선거의 향방에 촉각을 곤두세우고, 정보를 수집해 내게 보냈다.

그가 보낸 정보에서는 백악관과 여당인 민주당은 대외적으로는 야당인 공화당과 초당적 협력을 하며 전쟁 수행에 집중했지만, 미국 내에서는 이미 선거전에 돌입했다고 했다. 또한 이번 전쟁에서 유의미한 성과를 만들어 대추축국 전쟁에서 루스벨트 대통령이 강력한 지도력을 갖추고 있으며, 여당인 민주당에 힘을 실어 주어야 이번 전쟁에 유리하다는 여론이 형성될 수 있도록 노력하고 있다고 했다.

그리고 내 눈앞의 유리 제프리가 직접 11월 2일 전에 서일본의 군수공장 지대를 초토화한다고 말함으로써 그가 수집했던 정보가 틀리지 않았음을 다시 한 번 확인했다.

물론 OSS가 특정 정당을 위해 활동을 하지는 않겠지만, OSS의 수장인 윌리엄 J. 도노반 국장은 루스벨트 대통령과 개인적 친분이 있고, 그를 지지하는 사람이라 대통령과 여당의 선거에 도움이 되도록 노력하는 게 전혀 이상하지 않았다.

"그럼 저는 미군 캠프에 가겠습니다."

"잠깐, 우리가 선거에 도움을 주려고 하는데, 중령도 뭔가 우리에게 주어야 하지 않겠는가?"

유리 제프리는 자리에서 일어나려다가 내 말에 다시 자리에 앉으면서 묘한 표정이 되었다.

"어떤 도움을 드리면 되겠습니까?"

"큰 건 아닐세. 우리가 이만큼 전쟁에 참여한 것도 미국의 배려 덕분이 아닌가? 그런데 더 큰 걸 바라는 것도 웃기지. 내가 원하는 건 경성의 미군이 움직여 주는 것이네."

"경성의 본대를 움직일 수는 없다는 것을 전하께서 더 잘 아시지 않습니까?"

유리 제프리는 이상하다는 듯 고개를 갸웃하며 말했다.

"중령도 알고 있는지 모르지만, 지금 부산에서는 앙졸라 작전이 진행 중이네."

"보고받아 알고 있습니다."

유리 제프리도 우리 정보부가 민간을 활용해 부산을 탈환한다는 걸 잘 아는지 고개를 끄덕이며 대답했다.

"그건 일본이 반격할 수도 있다는 가정하에 일본의 지배력만 걷어 낸다는 작전이었지. 자네가 전해 준 말에 따르면 최소 일주일에서 최대 2주일간은 본토의 일본군은 한반도에 관여하지 못한다는 거 아닌가?"

"그렇습니다."

"그렇다면 알렉산더 장군에게도 넌지시 말했었지만, 우리가 부산을 비롯한 한반도 남쪽을 모두 점령해야 하네. 전라도야 군산으로 내려간 3사단이 진격한다지만, 경상도로 진격하는 군은 없네. 경성의 치안 유지에 투입되고 있는 2사단을 모두 보낼 수도 없으니, 우리 2사단 일부와 미 육군 일부를 함께 내려보내 부산을 확실히 점령하는 게 어떤가?"

"제가 결정할 사항은 아닌 것 같습니다."

유리 제프리는 한발 물러나면서 조심스럽게 대답했다.

"우리가 전방을 맡고 미군이 후방에서 화력 지원을 해 준다면, 빠르게 부산을 우리 수중으로 가져오고 진해마저 함락시킬 수 있겠지. 그럼 2차 보급 때 들어올 야포를 남부의 주요 해안가에 배치해, 일본의 상륙을 저지할 수 있지 않겠는가?"

알렉산더 사령관과 지나가는 이야기로 작전을 논의한 적

이 있었지만 결과가 나오지 않았다. 그런데 미군의 정보를 담당하고 있는 유리 제프리가 거들어 주면 쉽게 이야기가 될 수 있어서 말했다.

"제가 결정할 수는 없으니, 일단 캠프로 돌아가면 알렉산더 사령관님께 말해 보겠습니다, 전하."

처음에는 자신의 관할이 아니라고 딱 끊더니 조금 후퇴한 듯한 인상으로 대답했다.

"알겠네. 잘 좀 말해 주게. 아! 그리고 이건 가는 길에 읽어 보도록 하고. 오늘 수고했네. 앞으로도 잘 부탁하네."

최소한 완전히 안 된다고 말한 것은 아니라 웃으며 말하고는 내가 가지고 있던 서류 봉투를 일어나는 유리 제프리에게 건넸다.

오늘 저녁, 아니 대화하느라 시간이 많이 지나서 새벽 2시가 한참 지난 시간이라 이제는 어제저녁에 한반도 안에 있는 연합군 수뇌부에게 보여 줬던 731부대에 대한 서류였다.

그가 알고 있는지 모르겠으나, 지금까지도 아무런 말이 없는 것으로 봐서는 아직 전해 듣지 못해서 전혀 알지 못하는 것 같아 미군 부대로 가서 알렉산더 장군에게 갑자기 들어 당황하지 않게 미리 주었다.

"전하의 뜻을 잘 전달하겠습니다, 전하."

유리 제프리는 서류 봉투를 받아 들고는 별다른 말 없이 웃으며 인사하고 나가려 했다.

"아! 유리 제프리 중령! 어스퀘이커, 좋은 이름이야. 특히 일본에는 공포로 다가올 거야."

"관동대지진, Mr. President께서도 같은 말을 하셨습니다, 전하."

내가 뒤돌아 나가는 유리 제프리에게 말하자 그도 내 말뜻을 잘 알아 한쪽 입꼬리를 올려 사악해 보이게 웃으며 대답했다.

미래나 지금이나 일본인에게 지진은 마음속 깊은 곳에 자리 잡은 공포의 이름이었다.

9장

히로무와는 낙선재에서 약간의 술을 마시며 짧은 회포를 풀었다.

지금 내가 긴 시간 동안 위원회관을 비울 수는 없었고, 위원회 일을 히로무가 도와줄 수도 없어 그는 낙선재에서 찬주, 아이들과 함께 머물기로 했다.

유리 제프리가 찾아온 다음 날 그는 몇 가지 확인을 위해 떠난다는 말로 인사하고 사라졌고, 알렉산더 사령관이 주도하는 회의에서 부산까지 모두 점령 후 2차 보급으로 들어오는 야포를 남쪽 주요 해안가에 설치하기로 했다.

군산 점령 작전도 우리 군의 사망자와 부상자가 나오기는 했지만 잘 이뤄져 군산을 완전히 우리 수중에 넣었고, 다음 작전지역인 목포를 향해 이동을 시작했다.

위원회관은 평소와 같이 때론 바쁘게 때론 조용하게 일을 했고, 설렁탕집에서 보았던 민정도는 아직 준비가 안 된 것인지 아니면 다른 일이 있는지 예금 인출을 못 하는 것을 따지기 위해 위원회관으로 찾아오지는 않았다.

그리고 나와 유리 제프리가 이야기했던 부산 점령 작전도 기존의 앙졸라 작전과 함께 진행하기로 했고, 내가 직접 진주와 경주의 허만정, 구인회, 최준 세 분에게 편지를 작성해 부산으로 내려가는 정보부 요원 손에 들려 보냈다.

각 지역에서 명망이 높은 사람들이고 아버지 의친왕을 통해 내게 찾아온 이들이었기에, 이미 경성 탈환 작전인 알려져 과거보다 위험이 없어진 지금은 충분히 우리를 도와주리라 믿었다.

유리 제프리가 사라진 이틀 후 아침 비로 인해서 야간에는 특별한 일이 생기지 않아 경성 탈환 이후 처음으로 2일 연속 숙면을 취해서 해도 뜨지 않은 이른 시간이지만 예정했던 시간 전에 일어날 수 있었다.

창문 밖으로는 하늘에 구멍이라도 뚫린 것인지 아니면 마지막 힘을 다 쓰기 위해 노력하는 것인지 4일째 내리는 비는 오늘 내리는 양이 지난 3일보다 더 많았다.

그래도 이번 태풍은 소멸되거나 지나가는지 바람은 거의 없어지고, 비만 세차게 내렸다.

사무실의 욕실에서 세안하고 나와 나갈 준비를 마치니 문
밖에서 문을 두드리는 소리가 났다.

"들어오게."

"기침하셨습니까, 전하?"

문을 열고 들어온 사람은 최지헌과 무명이었는데, 최지헌
이 대표로 말했다.

"밖은 조용한가?"

"아직 밥 짓는 사람들도 일어나지 않을 시각이라 조용합니
다, 전하."

"준비는?"

"독리가 직접 선발한 친구들이 기다리고 있습니다, 전
하."

"근무자는?"

"그 부분도 독리가 직접 챙겨 모든 동선에 입이 무거운 친
구들로 배치해서 1시간 정도의 여유가 있습니다, 전하."

"나가지."

최지헌을 따라 위원회관의 서쪽 출구로 나가자 차량 두 대
가 준비되어 있었다.

그 차를 타고 빠르게 위원회관을 빠져나가 어둠 속으로 들
어갔다.

10분 정도 달린 차는 명치정에 위치한 성당을 조금 지나서
멈췄다.

이제 막 하늘이 밝아지기 시작한 시간이라 오가는 사람은 거의 눈에 띄지 않았다.

최지헌이 안내한 건물 안으로 들어가자 창고로 쓰이던 건물이었는지 내부는 상자가 쌓여 있어 지저분했다.

상자들을 지나쳐 가니 작은 창문 아래에 탁자와 의자 두 개가 놓여 있었다.

"이곳인가?"

"일제가 이회영 일가의 땅을 총독부로 강제 편입한 이후 집을 전부 허물어 버려 찾기가 힘들었으나, 독리가 직접 지적도를 확인해 사랑채가 있던 자리를 확인했습니다, 전하."

"알겠네. 오시면 모시고, 자네들은 나가 있게."

"알겠습니다, 전하."

최지헌이 나가고 나서 자리에 앉지 않고 창문 밖을 보자 명치정, 즉 명동거리가 한눈에 들어왔다.

과거에 어땠는지는 전혀 알 수 없을 정도로 변화한 거리였지만, 일본인이 빠져나가서인지 곳곳에 가게들이 급히 정리해 어지러운 채로 방치되어 있었다.

"일찍 오셨습니까, 전하."

창문 밖을 바라보고 있을 때 등 뒤에서 노인의 목소리가 들렸다.

"아니에요. 이리 앉으세요."

뒤를 돌아보니, 중경에서 들어올 때보다 더욱 주름이 깊어진 성재 이시영이 서 있었다.

"늦어서 송구합니다, 전하."

"내가 약속 시각보다 일찍 도착해서 그런 거니 신경 쓰지 마세요."

성재는 내게 사과를 하고 나서야 내가 권한 자리에 앉았다.

작은 탁자를 중심으로 자리에 앉자 최지헌이 가지고 있던 서류철을 탁자 위에 내려놓고 밖으로 나갔다.

"다시금 생이별을 시켜 죄송합니다."

성재의 아들이 곽재우 장군이 이끄는 1사단에 속해 미군 기갑사단의 지휘를 받으며 북쪽으로 향했기에 한 말이었다.

"어찌 저만 챙기겠습니까? 나라를 위한 일입니다. 본인이 원해서 간 것이고, 조카도 여럿 함께 갔으니 괘념치 마십시오, 전하."

"성재의 집안은 언제나 나를 부끄럽게 하는군요."

일가가 독립운동에 투신했고, 대한제국과 민족을 위해 죽었다.

그 생각을 할 때마다 내 능력 부족이 아쉬우면서 조금 더 이른 시간에 이곳으로 왔으면 더 좋지 않았을까 생각했고, 가슴 한쪽이 아려 왔다.

"일국을 단신으로 대신하실 수 있는 분입니다. 전하의 노력이 아니었다면 이런 세상도 오지 않았을 것입니다, 전하."

"……이곳이 과거 성재의 집안이 있던 터라더군요. 알고
계셨나요?"

더 말해 봐야 성재는 모든 공을 내게 돌릴 게 뻔해서 말하
지 않고 대화 주제를 본래 하려 했던 말로 돌렸다.

"이 근처인 건 알았으나, 너무 많이 변하고 세월이 흘러서
몰랐습니다, 전하."

"이곳이 본가의 사랑채가 있던 위치라더군요."

내 말에 성재는 주변을 돌아보다 이내 쓴웃음이 입에 걸렸
다.

"이곳이 사랑채가 있던 곳이면…… 30여 년 전에 네 분의
형님과 저, 동생까지 6형제가 이곳에서 만주로 떠날 계획을
세웠습니다. 석영 형님이 자신의 전 재산을 흔쾌히 내놓아,
부족하나마 조국을 위해 좋은 일을 할 수 있었습니다. 다
만…… 떠날 때는 6형제였는데, 돌아올 때는 겨우…….."

성재는 차마 다음 말을 이어서 하지 못했다.

그의 형제가 일제의 고문으로 옥사하거나 돈이 없어 이
곳저곳을 떠돌다 굶어 죽거나 비명횡사한 것을 잘 알고 있
었다.

그러다 결국 경성으로 다시 살아 돌아온 사람은 성재 한
명이라 나도 뭐라 말을 하지 못했다.

"친일을 하면 삼대가 흥하고, 독립운동을 하면 삼대가 망

한다."

내가 역사에 개입하지 않았다면 미래에 분명히 이런 말이 만들어졌을 것이다.

하지만 성재는 설마 그런 일이 일어날 것이라 생각하지 않는지 믿지 못하는 얼굴로 되물었다.

"……그게 무슨 말씀이십니까, 전하?"

"지금 우리가 이 역사를 정리하지 못하면, 민족 반역자를 제대로 처단하지 못하면 앞으로 벌어질 일입니다."

"꼼꼼하게 법을 준비 중이니 그런 일은 일어나진 않을 것입니다, 전하."

"나도 어제 봤습니다. 친일파를 잘 처단하는 것도 중요하지만 독립운동가를 돕는 것도 중요합니다."

"헌법으로 열심히 준비 중입니다, 전하."

"이건 이 일대의 땅문서입니다. 과거 총독부가 강탈했던 성재 집안의 땅입니다. 원래 동대문 밖의 모든 땅도 다 주고 싶었으나, 매매를 통해 팔린 땅을 제외하고 팔지 않고 떠나 총독부의 토지조사 때 몰수된 땅의 땅문서만 가져왔어요."

탁자 위에 놓여 있던 서류철에서 땅문서에 해당하는 종이를 꺼내 성재 앞쪽의 탁자에 내려놓았다.

명동 일대의 땅과 건물의 문서였다.

성재의 형제는 일본의 감시를 피하고자 명동의 땅 일부는 팔지 못하고 버리고 만주로 향했고, 그 땅을 총독부가 이후에 강제로 총독부 재산으로 편입 후 일본인에게 판매했었다.

해당 지역의 주인인 일본인과 민족 반역자는 대부분 체포되거나 도망갔고, 총독부였던 위원회관의 문서보관소에서 불법적으로 성재 형제의 땅을 가져간 증거를 찾아 성재의 명의로 되돌리는 데 그리 어렵지 않았다.

"저와 저희 가문은 무언가를 바라고 한 행동이 아닙니다. 조선의 녹을 먹고, 대한제국의 녹을 먹은 집안입니다. 당연한 일을 했으니 이런 것은 필요치 않습니다, 전하."

일전에도 한번 이야기한 적이 있었다. 중경에 머물 때 성재의 가족을 도와주기 위해 말했었는데, 그때도 지금과 같은 반응이었다. 그때 내가 건넨 돈도 임시정부의 예산으로 포함시켰었기에 이번에도 이런 반응을 보일 줄 알았지만 나도 내 뜻을 철회할 생각이 없었다.

"민씨 집안도 대한제국의 녹을 먹었고, 이씨 집안도 대한제국의 녹을 먹었습니다. 아니, 을사오적도, 조선 공로자 명감에 올라가 있는 부역자 대부분도 대한제국, 조선의 녹을 먹었던 사람이었어요. 성재의 형제가 한 일은 결코 쉬운 것이 아니에요. 그리고 이건 판매한 적이 없는 땅을 일본이 불법적으로 가져간 것이니 받으세요."

"당연한 일을 하였을 뿐이니 받을 수 없습니다, 전하."

성재는 내가 건넨 문서를 거들떠보지도 않으며 고개를 숙였다.

"성재의 신념이란 것은 잘 알고 있지만 이게 끝이 아니에요. 앞으로 얼마나 많은 일본의 재산이 나올지는 모르지만, 그중 일부로 독립운동을 했던 사람들에게 돈을 지원하거나 교육을 지원하는 재단을 설립하고, 일본의 기업이 남기고 간 적산敵産은 독립운동가에게 우선하여 불하해 집안을 일으킬 수 있게 할 생각입니다. 이게 그 시작이니 받으세요."

"송구하오나 전하의 뜻을 따르지 못하겠습니다, 전하."

"하아……. 친일을 하면 삼대가 흥하고, 독립운동을 하면 삼대가 망한다는 말은 비단 돈만을 뜻하는 게 아니에요. 성재의 자녀와 조카 들은 독립운동을 하기 위해 조선과 중국 곳곳을 떠돌았어요. 교육도 제대로 받지 못했지요. 비단 성재의 자녀만이 아닙니다. 대부분의 독립운동가 후손들이 그렇지요. 반면 일제에 충성을 다하고 부역한 집안의 후손들은 좋은 집과 선진 교육을 받으며, 사회적으로 좋은 대우를 받으면서 생활했어요. 돈 버는 방법을 잘 알고 있다는 것이지요. 지금 그들에게 기반을 뺏어도 그들의 지식은 뺏을 수 없어요. 그들은 돈이든, 사회적 지위든 금방 다시 회복할 거예요. 반면 독립운동가의 후손은 다시 이곳으로 돌아온다 해도 생활할 기반조차 없이 교육조차 제대로 받지 못한 상태로 살아가면, 맨손으로 총을 든 사람과 싸우는 것과 똑같아요. 그 무지의 대가는 후손들이 치르겠지요. 나는 당연히 친일을 하면 삼대가 망하고 독립운동을 하면 삼대가 흥한다는 말이 나오도록 만들 생각이에요. 성재의 가문이 아니었다면 신흥무관학교도 없었고, 무장투쟁의 기반조차 생기지 않았을 것이에요. 성재의 가문은 이걸 받을 자격이 충분합니다. 그러니 받으세요. 더 거절하면 내가 무안해집니다."

"……알겠습니다, 전하."

성재는 마지못해 땅문서를 자신 쪽으로 조금 더 끌어다 놓았다.

하지만 열어 보거나 하지 않았는데, 내 말에 자기 뜻을 겨우 굽혔다는 게 눈에 보였다.

"미리 못 박아 놓지만, 성재가 살아 있을 때까지는 절대 땅에 손 못 대도록 조치해 놨으니, 다른 독립운동가의 후손을 돕는다며 팔아서 기부할 생각은 마세요. 이건 성재와 성재 집안의 몫입니다. 작고作故한 형제의 핏값이자 성재의 자녀와 조카들에게 밑거름이 될 돈입니다. 다른 사람들도 내가 직접 필히 챙길 것이니, 성재는 자신의 것만 잘 챙기세요."

성재가 딴생각을 하지 못하도록 형제와 조카, 가족들을 들먹이며 말했다.

"……알겠습니다, 전하."

성재는 정말 팔아서 기부할 생각이었는지 당황한 듯 한참을 말이 없다가 겨우 대답했다.

"그리고 이건 그것과 별개로 내가 주는 선물이니 받으세요."

한옥의 문에 달리는 큰 열쇠를 하나 건넸다.

"……이건 또 무엇입니까, 전하?"

성재는 이미 땅문서만으로도 마음이 편하지 않았는데 내가 열쇠까지 건네서인지 그다지 좋지 않은 표정으로 내게 물었다.

"성재의 며느리와 조카며느리, 조카, 종손 들이 종로의 여인숙에 머물고 있다지요?"

유리 제프리가 경성으로 들어오면서 전부는 아니었지만, 임시정부의 가족 중 희망하는 사람을 경성으로 데려왔는데, 성재의 며느리를 비롯한 가문의 사람들이 그 비행기를 타고 들어왔다고 들었다.

"……."

독립운동에 투신한 사람 중에서 가족을 잘 챙기는 사람은 드물었다.

아니, 언제 죽을지도 모르고, 또 돈을 벌지도 못하는 독립운동을 하면서 가족을 챙긴다는 게 어불성설이었다.

그래서 중경에 남아 있던 가족이 경성으로 들어왔지만, 성재가 가지고 있는 개인 자산은 없었고 당연히 집을 구할 돈이 없어서 독리에게 사정 이야기를 하지 않은 채 조금 돈을 융통해 여인숙의 작은 방 두 개에서 10여 명의 가족이 머물고 있었다.

독리는 돈을 내어 준 이후 무슨 일인지 알아보고 이런 상황을 내게 전달했다.

내 선포와 같은 말에 가족들이 생각나서인지 성재는 입을 떼지 못하고, 설명을 요구하는 눈으로 나를 바라봤다.

"이건 운현궁의 열쇠예요. 지금은 내 가족이 낙선재에 머물고 있어서 비어 있으니, 여인숙에 머무는 가족들이 운현궁의 안채에서 생활할 수 있게 하세요. 그리고 이번에 들어온 임시정부의 가족 중 성재의 가족과 비슷한 처지가 있다면, 그들에게도 사랑채와 수직사까지 내어 주세요."

운현궁의 노락당이나 이로당은 이 시대에서는 큰 편인 집이었고, 거기다 나를 감시하기 위해 일본의 헌병이나 경찰이 생활했던 수직사는 단체 숙소처럼 개조해 놔 여러 사람이 생활하기에 부족함이 없었다.

"······감사합니다, 전하."

내가 다른 임시정부의 사람들까지 언급해서인지 이번에는 별다른 말 없이 열쇠를 챙겼다.

사실 내가 건넨 열쇠는 상징적인 의미일 뿐 운현궁은 경성 탈환 작전 이후 찬주와 아이들이 순정효황후가 머무는 낙선재에서 함께 생활해 비어 있었고, 찬주가 데리고 있던 사람 몇 명만이 남아 집을 관리 중이었다.

이미 이야기를 해 놓아서 임시정부의 가족들이 옮겨 가면 맞아 줄 준비가 끝난 상태였다.

"생활에 필요한 것은 독리가 잘 챙길 테니, 가족은 걱정하지 마세요."

"감사합니다, 전하."

"시간이 남았네요. 잠시 일 이야기를 해 볼까요?"

품속의 회중시계를 꺼내 시간을 확인하니 예정되어 있던 1시간 중 아직 25분 정도가 남아 있었다.

돌아가는 시간을 10분으로 생각해도 대화할 수 있는 시간의 여유가 15분 정도는 더 있었기에 서류철에 남아 있던 서류를 꺼냈다.

처음에 준비할 때는 시간이 안 될 것 같아 그냥 건네주기만 하려던 서류였다.

매일 아침 위원회관에서 진행하는 위원 회의에서 임시 헌법에 관련해 보고를 받았지만, 법무부는 위원회관이 아닌 옛 경성지방재판소가 있던 건물을 법무부와 평리원으로 이름을 변경하고, 해당 건물에서 생활해 따로 조용히 대화할 시간이 많지 않았다.

물론 내가 그를 찾아가거나 불러서 대화해도 되지만, 성재가 임시 헌법 문제로 눈코 뜰 새 없이 바쁘다는 걸 잘 아는데 부르기는 힘들었다.

하지만 오늘은 명동의 땅과 운현궁 열쇠를 주기 위해 자리했고 시간이 남아 말을 꺼냈다.

"경청하겠습니다, 전하."

"일단 선거제도에 관한 부분이에요. 임시 헌법에서 제시한 제헌의회의 선거법을 봤는데 소선거구제더군요."

"그렇습니다. 미국의 선거 방식을 참고하였습니다, 전하."

"이래서는 만약 한 선거구에 네 명의 후보자가 나와서 3 : 2 : 2 : 2로 표가 나뉜다면 지역 주민의 30퍼센트의 표로 당선이 되지 않나요? 그러면 선출된 의원의 대표성이 훼손됩니다."

조금 극단적인 비유였지만 전혀 불가능한 가정은 아녔고, 30퍼센트로 당선된다 해도 투표율까지 계산하면 더 낮은 소수의 지지만으로 당선될 수 있었다.

그러면 주민을 대표한다는 대표성이 심하게 훼손될 수밖에 없었다. 특히 해방 정국에서는 엄청난 숫자의 정당이 난립하기에 더욱 심각했다.

"그렇습니다. 그래서 절반을 넘지 못하는 지역구에 대해서는 결선투표를 하는 방안도 논의 중입니다, 전하."

"결선투표도 어느 정도 대안이 되겠지만, 결선투표에서 과반을 득표해도 2등 후보를 뽑았던 표는 결국 사표가 되어 버리지요."

"선거에 의한 선출이니 최대한 민의를 반영하려 하지만, 어쩔 수 없는 부분이라고 생각합니다, 전하."

"내가 생각하기에는 바이마르공화국에서 실시했던 비례대

표제를 약간 변형한 선거제도가 어떤가 합니다. 시간이 많지 않으니 이걸 가져가서 검토해 주세요."

탁자 위에 있던 서류철을 성재에게 건넸다.

그 속에는 지역구 연동형 비구속 명부식 비례대표제의 선거제도 법안이 들어 있었다.

이 선거제도는 미래의 독일식 정당 명부제와 스웨덴, 네덜란드의 정당 명부 비례대표제를 참고해 만든 것이었다.

나름의 장점을 조합해 만든다고 했지만, 우리나라의 현실을 고려하다 보니 완벽하다고 생각되진 않았다. 하지만 일단 내가 생각하는 선거제도를 성재와 위원회에 알려 주기 위해 만든 서류였다.

내가 제안하는 선거제도는 후에는 상, 하원으로 나누겠지만, 지금은 첫 선거인 제헌의회를 기준으로 설명해 놓았다.

그 내용은 아래와 같다.

첫 선거는 이후 하원이 될 299명의 제헌 의원을 선발하는 것인데, 그중 150명은 인구 비례를 기준으로 지역구를 나누고 각 후보자는 자신이 선택한 지역구에 출마한다.

이후 투표를 통해 각 지역구별 1등을 지역구 당선자로, 지역구 제헌의원 150명을 선발한다.

이후 전체 지역구에서 당선자를 포함한 모든 후보자들이 득표한 표를 비율로 만들어 지역구 의원과 비례대표 의원을 포함한 제헌의회 299명의 전체 정당별 의석 비례를 정하고,

그 비례에 맞춰 나머지 149명의 비례대표가 선발된다.

선발되는 비례대표는 정당별 비례대표 명부에 따라 선발한다.

그 정당별 명부는 정당에서 임의로 정하는 것이 아니라 선거에서 지역구에 출마한 후보자 중 지역구 제헌 의원으로 당선된 후보자를 제외하고, 나머지 낙선한 각 후보자가 지역구에서 득표한 표를 집계해 후보자의 해당 정당 내에 전국에서 낙선한 후보자 간 득표가 많은 순으로 정당 내에 비례대표 후보자 명부의 순위를 작성해서 만든다.

이후 정당별로 나뉜 정당별 전체 비례에 따라 모자라는 의석을 각 정당별로 1순위부터 순서대로 선발하는 비구속 명부식 비례대표제로 149명의 비례대표를 선발하는 방식의 선거제도였다.

예를 들어 한 당이 전국 지역구에서 압승해 80석 이상의 의석을 가져가더라도 패배한 지역에서 득표율이 낮아 전국 득표율이 낮아져 정당 비례를 90석을 받았다면 그에 맞춰 비례대표를 10석을 가져가거나 지역구에서 80석의 지역구 후보자가 당선되었지만, 이긴 지역을 제외하고 다른 지역의 투표율이 압도적으로 낮아서 전체 정당 비례가 70석이라면 80석의 지역구 후보자를 제외한 비례대표는 당선되지 않았다.

반대로 전 지역구에서 대부분 아깝게 패배해 10석의 의석도 못 얻더라도 전체 득표율이 높아 정당 비례를 40석으로 받았다면, 그 정당 비례대표 명부 순위로 30석의 비례대표를 선발해 당선된다.

결국 지역구에서 승리했다고, 모든 의석을 쓸어 가는 것도 아니고, 또 지역구에서는 모두 아깝게 패했다 해도 많은 득표를 했다면 비례대표 의원을 통해 많은 숫자가 당선되는 것이다.

그리고 내 계산상으로는 아직 지역 갈등 구조가 거의 없어서 비례와 지역구가 완전히 달라질 극단적 투표가 거의 나오지 않겠지만, 가정하자면 60석의 지역구 당선자를 배출한 정당이 전국 득표율로 매겨지는 전체 의석 비례에서 60석의 기준인 전국 득표율 20퍼센트가 안 되고, 15퍼센트로 지역구 당선자 60명이 나왔다면, 정당 비례상으로 이 당은 45석의 의석만 가져야 했다.

하지만 이 경우 정당 비례보다 많은 15석의 당선자는 지역구의 주민에 선택을 받은 지역구 당선자임으로 절대 낙선시키지 않고, 299명인 의원의 정원을 늘려서 15석의 의원을 초과 의석으로 규정하고, 초과된 의석만큼 비례해 추가로 보정의석을 만든다. 그리고 다른 당의 비례대표를 더 당선시켜, 전국 득표율 15퍼센트가 60석이 될 때까지 의석수를 85석을 더 늘려 전체 정당 비례를 맞추고, 나머지 85석은 정당 비례에 따라 비례대표를 선발했다.

물론 이 가정은 극단적인 상황이라 실제로 초과 의석이 만들어질 경우는 거의 없었고, 있어도 한두 개의 의석이었다.

이는 독일식 정당 명부제에서 가져온 방식인데, 독일식 정당 명부제는 1인 2표로 지역구 후보자와 정당 투표를 하므로 지역구에서 찍은 후보자와 정당 투표로 찍은 정당이 서로 다른 교차 투표를 하는 경우도 자주 있어서 초과 의석과 보정 의석이 많이 나왔다.

그러나 지역구 후보자 한 명에게만 투표하는 이 방식에서는 나올 가능성이 거의 없었고, 나온다 해도 10석 미만일 가능성이 높았다.

또한, 바이마르공화국에서 비례대표를 하며 나치당 같은 극우 소수당이나 극좌 소수당의 원내 입성으로 안 좋은 결과를 가져온 적이 있어서 군소정당의 난립亂立을 막는 봉쇄 조항으로 전국적으로 4퍼센트 이상의 득표를 얻어야 정당 비례를 분배한다는 항을 넣었다.

마지막으로 의원 숫자를 299명으로 만들어 본회의에서 가부 동수가 나오지 않도록 했다.

처음에는 투표 불비례성이 가장 낮은 전국이 하나의 지역구로 엮이는 비구속 정당 명부식 비례대표제로 하려 했는데, 그렇게 하자면 투표용지에 최소 3백 명 이상의 이름이 적혀 있어야 했다.

하지만 지금은 문맹률이 높아 글자를 모르는 사람도 많았고, 거기다 해방 공간에서 우리나라에 얼마나 많은 정치 집단이 생겼었는지를 잘 알고 있었는데, 그 부분까지 고려하면 투표용지에 2천~3천 명의 이름이 나올지도 몰랐다.

그래서 다음 생각한 것이 이 선거 방식이었다.

어떻게 보면 내 비겁한 마음이 조금 들어가기도 했는데, 나는 제헌의회 선거에서 정치적 중립을 지킬 생각이었다.

하지만 내가 정치적 중립을 지키는 것과는 별개로 대한국 재건위원장인 백범과 부위원장 몽양이 있는 곳이 앞으로 있을 선거에서 다수 의석을 차지하는 정당이 될 거라는 건 쉽게 예측할 수 있었다.

내가 고안한 선거제도는 지역구를 싹쓸이한다 해도 정당 비례로 지역구에서 패배한 정당이 비례 의원을 가져가기 때문에 하나의 당이 의회를 장악하기는 쉽지 않았다.

물론 투표로 이루어지는 것이라 아예 불가능하지는 않았으나, 백범과 몽양은 정치적 노선이 달랐고 두 사람이 한 당으로 창당한다고는 생각하기 힘들었다.

결국 몽양과 백범이 서로 다른 당으로 창당한다면 어느 한쪽이 과반, 혹은 압승하기는 불가능했다. 그럼 두 당이 연정하거나, 혹은 다른 군소 정당과 연정을 해야 하는 상황이 만들어진다.

두 사람 중 누가 정권을 잡더라도 지금 위원회에서 하는 방향에서 완전히 멀어지지는 않을 거라 생각해 이런 선거 방안을 고안했다.

인기가 있는 다수당에 유리하고 원외 소수당에게는 불리한 선거 방식이지만, 또 한편으로는 하나의 당이 완벽한 의회 장악을 하긴 불가능하며, 전국에 후보를 낸 소수당이라면 비례대표로 원내 진입을 노려볼 수 있는 정도의 선거제도였다.

"검토하고 보고드리겠습니다. 다른 하실 말씀은 없으십니까, 전하?"

"제헌 의원을 포함한 선출된 의원의 국회 본회의 투표 방식에 관한 내용을 비롯해 임시 헌법에 관해 몇 가지 의견을 마지막에 적어 놨어요. 그리고 마지막에 보면 내무부의 교육과가 주관할 전 국민을 대상으로 하는 정치교육에 대한 부분도 임시 헌법에 넣을 수 있도록 검토해 주세요. 특히 정치에 관한 부분은 가시자마자 검토하고 오늘 조회에서 보고를 받을 수 있었으면 좋겠어요."

임시 헌법에 대한 몇 가지 사항을 마지막에 추가했는데, 그중 한 가지가 국회의원이 본회의에서 하는 투표는 무기명으로 할 수 없다였다.

단 하나 국회의장과 부의장을 선발하는 투표를 제외하고는 법안의 가부를 결정하는 투표에서는 모두 기명투표를 하며, 미국의 방식과 같이 의원 본인이 직접 국회의장의 호명에 따라 동의와 부동의를 말하거나 투표용지로 투표를 하는 경우에도 용지에는 기명해 누가 가부에 투표했는지 알게 했다.

이들은 국민을 대표하는 사람들이었다.

그러니 지역구의 주민들도 내가 뽑은 의원이 어디에 투표했는지 알아야 할 권리가 있었고, 자신의 투표에 대해 주민에게도 역사적으로도 책임을 져야 한다고 생각해서였다.

또한, 지금 이 시대에 가장 인기 있는, 또 나름 배운 사람들이라고 하는 엘리트 중에서 많은 사람이 심취해 있는 게 사회주의와 마르크스-레닌주의(공산주의)다.

나는 사회주의의 미래가 어떤지 잘 알고 있었고, 특히 마르크스-레닌주의는 평등의 필요성을 근거로 전체주의 성향을 가지고 있어 결국에는 지금의 파시즘과 별다른 차이가 없다는 걸 알았다.

특히 이후에 세계적으로 사회주의국가에서 수많은 독재자가 나와 해당 국가의 국민을 피폐하게 만든다는 걸 잘 알아 절대 사회주의가 되어서는 안 됐다.

하지만 지역에서 똑똑하다는 사람이 공산주의자면 저잣거리에 다니며 공산주의 국가가 되어야 소작농들도 모두 자신의 땅을 가지고 농사지으며 노동자들이 성공한다고 선동하고 다닌다는 걸 잘 알았다.

그것을 막자면 국민에게 정치가 무엇이고, 민주주의가 무엇이며, 투표와 정치 참여를 어떻게 해야 내 삶이 바뀌는지 알려 줄 필요가 있었다.

이 서류에는 미국에 있는 윤홍섭 박사가 내 부탁으로 만든 교육 자료도 함께 있었다.

그리고 임시 헌법에 대한국이 대의 민주주의 국가임을 명문화하자는 의견도 넣었다.

성재는 탈환 작전 직후부터 지금까지 임시정부의 헌법을 대한국임시헌법으로 수정해 부분별로 완료될 때마다 매일 오전의 위원 조회에서 보고했다.

그리고 완료된 부분 중에 해당 조회에서 위원들끼리 토론을 하기도 했는데, 이번 서류에는 내가 봤을 때 미래에서 문제가 되었거나, 문제가 될 것 같은 부분에 대해 의견을 제시했다.

"확인 후 조회까지 정리하여 보고하겠습니다, 전하."

탁자 위에 내려놓은 회중시계는 여유 시간 15분 중 이미 12분이 지나, 3분밖에 남지 않았음을 알려 왔다.

"내가 성재에게 마지막으로 당부하고 싶은 말은……. 이건 제 작은 바람이기도 합니다. 나는 성재가 이번 제헌의회 선거에 나가지 않았으면 좋겠어요. 나는 성재가 정치를 하는 게 아니라 법무부 장관이 아니더라도 계속 법무부에 남아 평리원의 판사이자 존경받는 헌법학자, 대한국의 근대 헌법의 아버지로 남았으면 좋겠습니다. 미안하지만 부탁드립니다."

내 욕심일지도 모르겠지만, 법관은 퇴임 이후 정치를 하는 게 아니라 조용히 은퇴해 살면서 헌법을 연구하고, 후학을 키우며, 존경받는 역할로 만들고 싶었다.

이후 임시 헌법에도 넣을 예정이지만, 판사나 검사로 근무 후 변호사로 개업을 하지 못하는 방안을 생각하고 있었다.

정치로 가는 건 막을 수 없었지만, 성재가 정치에 뛰어들지 않아 좋은 선례를 만들어 준다면 내가 생각하는 방향이 조금 더 잘 이루어지지 않을까 생각했다.

내가 온종일 하는 말은 기록원을 통해 모두 기록되었고, 조선왕조실록같이 내 살아생전에는 그 누구도 열어 볼 수 없었다.

하지만 일반 문서는 내가 죽은 직후, 또 기밀이라 해도 시각이 지나면 열람할 수 있다.

성재에게 돈이나 집, 땅문서 따위를 준 것은 그리 걱정되지 않으나, 성재가 내 말로 인해 정치를 하지 않고 법무부에 남으면 좋지 않을 것 같았다.

좋은 선례로 남기려는 게 내 마음이지만 내가 이런 부탁, 아니 어쩌면 명령일지도 모르는 말을 한 걸 기록하면 후대에 역사를 연구하는 사람에게는 좋지 않게 보일 수 있었다.

오히려 내 강요로 성재가 정치를 포기했다고 생각할 가능성이 높았다.

그래서 기록을 전혀 남기지 않기 위해 제국익문사를 동원해 새벽부터 조용히 남의 이목을 피해 움직였다.

"아, 아닙니다, 전하! 고개를 드십시오, 전하! 전하께서 먼저 말씀하시도록 성심을 살피지 못한 제 불충입니다, 전하. 전하의 말씀이 아니더라도 제 나이가 벌써 2년만 있으면 희수喜壽입니다, 전하. 이 나이에 무슨 정치를 하겠습니까? 거기다 이번 제헌의회의 선거제도를 제가 직접 만들고 있는 지금 선거에 출마하는 것은 이치에 맞지 않습니다. 전하의 바람대로 할 것이니, 너무 심려치 마십시오, 전하."

75살의 노인, 노안으로 눈이 좋지 않아 검은색 태의 돋보기안경을 끼고 있는 성재 이시영은 내가 고개를 숙이며 부탁하자 펄쩍 뛰듯 일어나 어쩔 줄 몰라 하며 내게 말했다.

그리고 내가 고개를 들자 그제야 미소를 지었다.

그가 1945년 광복 이후 첫 내각의 초대 부통령과 2대 대통령 선거에 출마하는 걸 알고 있는 나로서는 나이 때문에 정치에 참여하지 않는다는 그의 말에 동의하지 못했다.

하지만 지금까지 겪어 온 성재는 앞과 뒤가 다른 사람이 아니었고, 이번에도 내 뜻에 따라 출마하지 않는다고 확신했다.

아니, 어쩌면 본인도 자신의 말처럼 이미 정치에 뜻을 접었을 수도 있었다.

"성재에게 너무 무거운 짐을 지운 것 같아 미안해요."

"아닙니다, 전하."

되돌아갈 시간이 다 되었는지 최지헌이 조심스럽게 문을

두드려 내 허락을 얻은 후 창고 안으로 들어왔다.

"가셔야 하는 시간입니다, 전하."

"알겠네."

"위원 조회 때 뵙겠습니다, 전하."

10장

성재와 인사를 나누고 나오자 하늘은 조금 더 밝아져 있었다.

해는 떠올랐지만, 비가 많이 오는 중이라 구름에 가려 주변이 조금 밝아진 정도였다.

그래서 해가 떴다고 알 수는 있었지만, 이제 막 동이 튼 시간이라 거리를 지나는 사람은 그리 많지 않았다.

위원회관으로 돌아오는 차 안에서 입안이 까끌까끌했다.

내가 알고 있는 것만 벌써 두 명이었다.

성재 이시영과 약산 김원봉.

나는 이 두 명이 정치를 얼마나 잘했는지는 모르지만, 그 정치의 결과가 그리 좋지 못하다는 걸 알고 있다. 그러나 분명 원역사에서 이 둘은 남북한의 유력 정치인으로 생활했다.

이미 약산은 자신이 먼저 내게 군인으로 남을 것이라 못 박았다.

중경에 있을 때 이대로 진행되면 임시정부의 요인들이 독립 후 건설될 국가에서 중요 요직을 모두 차지할 수 있다는 걸 약산도 분명 잘 알았을 것이다.

그런데 그는 내 이름을 팔아 임시정부의 중요한 정치 세력이 되는 게 아니라, 아니 굳이 내 이름이 아니라 자신의 이름만으로도 임시정부에서 활동하면 무시할 수 없는 사람이었지만 군인의 길을 택했다.

그리고 오늘 대한민국 초대 부통령과 2대 대통령 선거에 후보를 지낸 성재도 자신은 정치인이 되지 않을 것임을 말했다.

내가 먼저 말했지만, 이전에 교감이 있었던 것도 아니고 갑작스러운 말이었는데 너무나 빠르게 대답하니, 내 설득이 아니더라도 이미 정치인이 되지 않으려 마음먹었다고 느껴졌다.

내가, 아니 대한제국 황실의 핏줄인 이우가 변했기 때문에 이미 역사의 물줄기는 전혀 다른 방향으로 흐르고 있었다.

이 물줄기 속에서 많은 사람의 뜻이 바뀌고, 죽어야 할 사람이 여전히 살아가고, 여전히 살아가야 했던 인물들이 죽었을 수도 있었다. 아니, 죽었다.

그리고 더 내 입안을 까끌까끌하게 하는 건 아직 바뀐 물줄기가, 흘러가는 물길이 제대로 잡히지도 않았다는 것이다.

이 물이 흘러가다 원래의 물길로 돌아갈지 아니면 전혀 새로운 물길을 찾을지, 내가 깔아 놓은 물길이 있지만 그 물길이 과연 지금 흐르는 물을 감당할 수 있을지 확신이 없었다.

새로 만든 물길이 너무 작아서 물이 흘러넘칠 수도 있었고, 또 내 생각과는 다르게 내가 깔아 놓은 물길보다 더 깊고 유속이 빠른 강을 만나 전혀 다른 길로 빠질지도 몰랐다.

내가 할 수 있는 건 나와 위원회가 정해 놓은 물길이 방향을 바꿔 흘러가는 물을 충분히 감당할 정도의 깊이와 넓이가 되기를 바라는 것뿐이었다.

끼익.

내가 창밖으로 내리는 비를 바라보며 생각하고 있을 때, 차가 위원회관의 서쪽 입구에 도착했다.

나갈 때 근무를 서고 있던 요원 두 명이 나를 발견하고 내 외출이 기밀을 요함을 잘 알아 아무런 소음도 내지 않고 더 철저히 주변을 경계했다.

제국익문사 요원들이 잘 통제했는지 내 방에 도착할 때까지 마주친 사람은 없었다.

오전 위원 조회 시간까지 확인과 결재해야 하는 서류를

살펴보고 위원 조회 시간에 맞춰서 대회의실로 들어가니 평소와는 조금 다르게 회의실의 공기가 무겁게 착 가라앉아 있었다.

"무슨 일인가요?"

내가 회의실로 들어오자 회의 참석자들이 조용하게 주고받던 목소리가 급격히 잦아들었고, 나를 발견한 독리가 급히 내게 다가왔다.

"여의도의 비행장이 태풍의 피해를 받았습니다, 전하."

"어쩔 수 없지요. 그거 때문에 이런 분위기인가요?"

독리의 말에 처음엔 잠시 놀랐다가 금방 이해했다.

한강 중앙의 모래섬에 지어진 비행장이었다. 일본이 경성비행장이란 이름으로 운영하던 시절에도 여름에 비가 많이 오면 잠기는 비행장이었고, 그 대체 장소로 만들어진 게 김포비행장이었다.

거기다 이미 비가 심상치 않게 돌아가기 시작하면서 여의도비행장은 시설을 경비하던 소수의 인원을 제외하면 모두 김포로 옮겨 간 상태였다.

"그렇습니다, 전하."

독리에게 대답하며 주위를 둘러보자 자리에 있는 사람은 내무부와 재정부, 교통부의 위원과 국장, 과장 그리고 위원이 출장으로 부위원이 참석한 외무부뿐이었다.

아직 군무부나 법무부, 위원장, 부위원장 혹은 미군은 도착하지 않았고, 특히 군무위원이나 백범, 몽양이 자리에 없어 여의도 상황을 제대로 알지 못하는 사람만 있어서 더 분위기가 나빠진 것 같았다.

독리도 여의도비행장이 텅 비었다는 건 잘 알고 있는 사람인데, 그는 다른 위원에게 말해 줄 만한 성격이 아니었다.

"피해는 어느 정도랍니까?"

"한강 물이 빠르게 불어나고 있습니다. 이미 활주로는 물에 잠겼고, 격납고 두 개 동이 입구를 막아 놓았던 모래주머니가 무너져 물이 안으로 쏟아져 들어와 침수되었습니다, 전하."

"그래도 미리 이동시켜 놓기를 잘했네요."

"그렇습니다, 전하."

"김포는 상황이 어떤가요?"

"경성에서 많은 노동자를 투입해 천장을 우선하여 만들어 임시 격납고를 세운 덕분에 비행기에는 별다른 피해가 없습니다, 전하."

지금 경성은 어디서 이런 많은 사람이 나왔을까 싶을 정도로 많은 사람이 있었다.

그리고 그들 중 많은 사람이 일본인이 운영하는 상점이나 기업, 공장에서 일하던 이들이었고, 반격 작전 이후 실업자와 같은 상태인 사람이 많았다.

일시적으로나마 위원회에서 동원할 수 있는 노동력은 엄

청났다.

노동자들은 경성을 되찾았다는 기쁨으로 평소보다 넉넉지 못한 임금이었지만, 많은 사람이 기쁜 마음으로 참여해 줬다.

"활주로는요?"

"비가 많이 내려 이착륙할 상황은 아닙니다, 전하."

김포비행장을 생각하다가 떠오른 생각 때문에 물었는데, 독리의 답변은 내가 원했던 답변이 아니었다.

"아니, 지금 공사 중인 활주로 말입니다."

지금 한반도에 들어와 있는 비행기도 중요했지만, 더 중요한 건 활주로였다.

지금 만들어져 3~4주 뒤에 한반도로 들여올 어스퀘이커를 싣고 나가 폭격하자면 B-17이 이착륙할 활주로가 있어야 했다.

"아…… . 기존 1,500미터의 활주로를 3백 미터를 확장해 1,800미터의 활주로로 변경 중입니다. 우선 콘크리트 타설은 마쳤는데, 비가 많이 내려 짚과 나무판자로 덮는다고 덮었으나 비가 그치고 나야 상황을 알 수 있을 것 같습니다, 전하."

내가 자세히 질문하고 나서야 독리는 내가 무얼 궁금해했는지 알고 대답했다.

"그럼 지금은 그 활주로를 제외한 나머지 한 개의 활주로에서만 이착륙을 하고 있나요?"

김포비행장에 대한 소문은 과거 이우 공의 기억과 일본의 볼모로 있으면서 들은 정보로 잘 알았다.

김포비행장은 항공 관계자와 총독부 사람들에게 '꿈의 김포비행장'이란 별명으로 불렸다.

처음 계획이 수립된 1938년에는 8백 미터짜리 활주로가 두 개뿐인 하네다비행장이 일본 최대의 비행장으로 불렸다.

그런데 김포비행장은 그런 하네다를 우습게 볼 정도로 큰 비행장으로 설계되었다.

처음에는 1,500미터 활주로 두 개, 1,200미터 활주로 두 개, 1,000미터 활주로 두 개로, 총 여섯 개의 활주로를 가진 동양 최대의 비행장으로 설계되어 있었다.

하지만 이 비행장은 처음 계획대로 진행되지 못했다.

토지 매입부터 삐걱거리며 우여곡절 끝에 겨우 첫 삽을 뜬 게 1940년이었는데, 불과 1년 뒤 미국과의 전쟁을 시작하면서 안 그래도 중일전쟁으로 부족하던 물자가 더욱 부족해져 공사가 지지부진하게 진행되었다.

결국, 우리가 경성을 탈환했을 때인 1942년 9월까지 주변 건물은커녕 1,500미터짜리 메인 활주로 두 개가 일본이 만들어 놓은 전부였다.

"그런 건 아닙니다. 합판과 여러 표식으로 새로 콘크리트된 부분을 표시했고, 기존 활주로의 길이에 2/3만 사용해도 지금 배치된 비행기들은 이착륙하기 문제가 없어서 이용 중입니다, 전하."

"별문제가 없어야 할 텐데요. B-17 폭격기는 1,800미터 정도는 되어야 여유 활주로가 있어서 이착륙이 용이하다더군요."

"그렇습니다. 플라잉 포트리스, 아 B-17 폭격기의 별칭입니다. 플라잉 포트리스와 그다음 들여올 예정인 그보다 한 단계 높은 폭격기는 1,800미터는 되어야 폭탄을 가득 실었을 때 이착륙을 무리 없이 할 수 있다고 들었습니다, 전하."

"독리께서 신경을 좀 써 주세요. 침수 피해가 아니더라도 여의도에서는 B-17의 이착륙이 불가능하다는 걸 아시지요?"

여의도비행장의 길이는 1,800미터가 넘었지만, 다른 문제로 B-17의 이착륙이 불가능했다.

선회도와 상승도가 좋은 전투기나 소형 비행기는 상관없었지만, 여의도비행장 바로 근처에는 한강 철교가 있어서 B-17 정도의 큰 비행기가 뜨고 내리기는 불가능했다.

애초에 비행장을 여의도에 만들 계획을 수립하고 철교를 지었다면 철교를 비행장에서 멀리 떨어뜨려 지었겠지만, 철교를 만들고 나서 10여 년 이후에 여의도비행장이 만들어졌다.

그래서 긴 활주로를 가졌지만, 소형 비행기 이외에는 이착륙을 못 하는 반쪽짜리 비행장이 되었다. 아니, 비행장이 만들어진 1916년까지는 아직 비행기가 소형 비행기뿐이었기에, 지금처럼 커질 것이라 예상하지 못했다.

비상 상황이라면 철교가 없는 방향으로만 이착륙을 해도 되지만, 비행기 이륙과 착륙은 한 방향으로만 해야지 사고의 위험이 없었다.

만에 하나 신호가 맞지 않으면 이륙하는 비행기와 착륙하는 비행기가 정면충돌을 할 수도 있었다.

"잘 알고 있습니다, 전하. 분부대로 차질 없이 준비하겠습니다, 전하."

독리와 대화할 때 한두 사람씩 회의실로 들어왔고, 마지막으로 위원장과 부위원장이 미소 띤 얼굴로 들어오자 회의실 분위기가 아까보다는 조금 풀렸다.

"그럼 회의를 시작하겠습니다."

내무위원인 조완구가 자리에서 일어나 회의의 시작을 알렸다.

회의에는 유일한 외무위원을 제외한 모든 위원이 참석했다.

외무위원은 11월에 있을 미국, 소련, 중화민국의 3국 대일 공동전선 회의가 있어서 의제에 대해 미국 실무자와 조율하러 미국으로 출국한 상태였고, 그를 대신해 외무부위원이 회의에 참석했다.

물론 때가 되면 나도 연합국의 일원으로 참여할 예정이었다.

우선 밤새 있었던 각 부서의 사건이나 사고에 대해 말하고, 이후 부서별로 돌아가며 논의가 필요하거나 위원들의 동의가 필요한 안건을 상정해 회의를 진행했다.

보통 가장 시급한 문제가 산적한 군무부부터, 교통부, 내무부, 재정부, 외무부, 법무부 순으로 진행되었다.

위원장과 부위원장의 밝은 표정으로도 회의가 시작하기 전보다 분위기가 조금 풀렸지만, 그래도 여의도비행장에 대한 불안감으로 조금 무거웠다.

그러다 군무부에서 참석자들이 비행장의 침수로 건물과 시설에 약간의 피해가 있을 뿐 큰 피해가 없다고 단언한 이후에야 평소처럼 부드러운 분위기가 되었다.

그 이후로는 평소와 같은 순서와 분위기로 조간 회의가 진행되었고, 2시간 정도가 지나자 다른 모든 부서의 안건이 끝나고 마지막으로 법무위원인 성재가 입을 뗐다.

"일단 첫 안건은 국민교육에 대한 안건입니다."

성재의 입에서 교육에 관한 안건이 나오자 조완구 내무위원 뒤쪽에 앉아 있던 최현배 교육과장이 놀란 눈으로 그를 바라봤다.

최현배 간사는 나와 만난 다음 날 조선어학회 사람 중 일부를 데리고, 위원회로 합류했다.

최현배와 이극로 두 사람 중 누구의 뜻인지는 모르나 최현배 간사와 함께 새로 합류한 사람들은 부역 기록을 정보부에서 눈을 씻고 찾아도 찾을 수 없었고, 오히려 불령선인으로 징역 기록만 남아 있는, 우리로서는 정말 청렴한 이들이었다.

나는 이극로 간사장에서 건넨 경고 아닌 경고가 크게 작용했을 거라 짐작했다.

성재는 놀란 눈으로 자신을 바라보는 교육과장을 미소로 진정시키고 이어 말했다.

"일단 교육과장님의 계획은 잘 들었습니다. 그 계획은 장기 계획이고, 빨라야 내년 3월 이후의 교육과정부터 시작하지만, 지금 조금 시급하게 진행해야 할 교육이 있습니다."

"……어떤 교육입니까?"

모든 위원이 있는 자리여서인지 교육과장이 바로 대답하지 못하고 당황한 눈치였는데, 아무런 대답이 없어 교육과장을 확인하기 위해 뒤를 돌아봤던 조완구 내무위원이 교육과장을 대신해 성재에게 물었다.

"정치교육입니다. 지난 시절 지방선거가 있어 투표가 있었다고는 하나, 실질적으로 투표를 할 수 있었던 사람은 일본인과 일부 부역자들뿐이었습니다. 앞으로 제헌의회를 구성하기 위해 전국 선거를 진행하자면 임시 헌법에 따라 모든 대한국민의 보통선거가 이루어져야 하는데, 안타깝게도 투표나 선거가 어떤 의미인지조차 알지 못하는 국민이 태반입니다. 그래서 법무부에서 생각하기에는 교육과의 도움을 받아 우선 치안이 안정된 지역부터 투표와 선거, 제헌의회와 나아가 의회가 하는 일, 후보자를 어떤 기준으로 선택해야 하는지, 또한 이후 구성될 정부 대해 교육하고 투표 참여를 독려할 필요가 있다고 생각합니다."

성재의 안건에 대한 대략적 말이 끝나자 독리가 손을 들어 발언권을 신청하고 성재의 말을 이었다.

"그 부분에 대해서는 정보부에서도 수집한 정보가 있습니다. 일부 급진적 공산주의자들이 벌써 국민들에게 공산주의 국가와 공산당이 이 나라의 유일한 당이 되어야 부자들에게 돈을 몰수해 농민들에게 땅을 나눠 주고, 살기 좋은 나라가 된다고 선동하고 있다는 정보를 입수했습니다. 그래서 정보부에서도 법무부의 뜻에 동의합니다."

"감사합니다."

성재가 독리의 말에 감사를 표하는 사이 뒷줄에 앉아 있다가 내무위원의 옆으로 다가온 교육과장이 내무위원과 조용히 말을 주고받았고, 이후 교육과장은 내무위원 바로 뒤에 선 채로 성재에게 물었다.

"어느 정도 계획은 있으십니까?"

"아직 세부 계획까지는 아니나 일전에 위원회에서 결정이 난 대로 자유민주주의가 무엇인지부터 교육을 시작하면 어떨까 생각했습니다. 이 자료는 법무부에서 교육을 위해 준비한 초안입니다."

성재의 말에 성재 뒤에 앉아 있던 법무부 사람이 자리에서 일어나 참석자 전원에게 돌아가며 얇은 서류를 나눠 주었다.

내게 건넨 서류를 대충 살펴보니 내가 아침에 건넨 서류를 초안으로 해서 조금 더 발전된 형태였다.

윤홍섭 박사의 교육 자료도 포함되어 대의 민주주의가 무엇인지, 그리고 투표가 뜻하는 게 뭔지, 선거를 어떻게 해야지 앞으로 국민의 삶이 바뀌는지 등이 잘 나열되어 있었다.

내가 건넨 자료가 대략적인 개요와 목차만 있었다면, 몇 시간 사이에 그 목차 안에 내용도 간략하게 채워져 앞으로 어떻게 진행하겠다는 게 한눈에 들어왔다.

"이미 많은 준비를 하셨습니다."

잠시 나뉜 서류를 살펴보느라 대화가 진행이 없다가 참석자 전원이 다 살펴보자 교육과장이 말했다.

"아직 부족합니다. 큰 틀만 완성했습니다."

교육과장의 말에 성재가 대답했다.

그 대답을 기점으로 위원장을 비롯한 많은 사람이 성재에게 나눠 준 서류에서 생긴 의문점과 앞으로 진행이나 교육을 어떻게 할 것인지 등을 질문했고, 성재는 자신이 아는 부분 안에서 대답했다.

내가 그에게 서류를 건넨 게 오늘 아침이었는데, 그사이에 성재는 이 자료의 내용을 채우고 내용까지 숙지한 상태로 질문을 받았다.

조간 회의에 참석자들은 정치교육이라는 큰 틀에는 동의했지만 세부적으로 들어가니 조금씩 이견도 있어서 평소보다 회의가 길어졌다.

특히 안건의 입안자인 성재와 실무자인 내무부에서 조금 의견이 갈렸다.

교육하자면 시간과 돈 그리고 사람이 있어야 했다.

지금은 재정부의 재정위원인 박영규 위원의 수완과 압류한 일본인의 재산 덕에 자금 부분에선 큰 문제가 없었으나, 앞으로 들어갈 돈이 천문학적인 숫자였다.

가장 많은 돈을 필요로 하는 곳은 군무부와 내무부였다.

많은 숫자의 군인을 입히고, 먹이고, 무장시키는 데 드는 돈이 엄청났고, 또 내무부는 전투를 피해 경성으로 몰려드는 수많은 난민과 빈민 들로 언제나 식량이 필요했다.

그곳 말고도 모든 부서에서 돈을 필요로 해서 교육을 위한 돈을 분배하기가 쉽지 않았다.

거기다 정치교육을 전 국민을 대상으로 시행하자면 전국 각지로 흩어질 교사를 찾아야 하는데, 그게 돈보다 더 힘들었다.

"그러니까 제 생각에는 각지의 사범학교를 졸업한 인재를 모아야 합니다."

"지금 어느 부서에서 모으겠습니까? 우린 그들을 찾아내서 모을 여력이 없습니다."

위원들은 이상과 현실을 두고 몇 번의 대화를 주고받았다.

"혹시 정보부에서는 가능합니까?"

한참 위원들과 토론하던 성재가 물었다.

"좋은 취지임은 잘 알고 있으나, 지금 정보부는 최소 인원을 제외하고는 전부 경상도로 향해 전혀 여력이 없습니다."

성재의 말에 정보국장을 겸임하고 있는 교통위원인 독리가 대답했다.

그 이후로도 위원들 간에 몇 번의 의견 교환이 오갔지만, 현실적인 문제에 부딪혀 회의가 진행되지 않았다.

위원장과 부위원장도 서로 뜻이 달랐다.

위원장은 성재와 같이 돈과 시간이 들어도 지금 시작해야 한다는 편이었고, 부위원장은 조금 여유를 가지고 준비하지만, 제헌의회 선출 이전에는 힘들지 않겠냐는 입장이었다.

특히 공산주의에 비판적인 위원장은 내가 우려했던 것처럼 지역사회에서 활동하는 공산주의자를 걱정했다.

그래서 교통정리를 해야 할 것 같아 내가 말을 꺼냈다.

"지금 경성제대는 어떻게 되어 있나요?"

내 질문에 위원들은 누가 주무 부처인가 시선을 주고받다가 교통위원인 독리의 신호에 뒷줄에 앉아 있던 류건율 치안대장이 자리에서 일어났다.

"대한군 점령지의 모든 학교에 임시 휴교령을 내려 경성제국대학도 임시 휴교령이 내려졌으나, 대부분의 대한국 학생들은 매일 학교에 모여 '경성대학자치위원회'를 만들어 앞으로의 일을 논의 중입니다. 그 외 일본인 중 교수, 학생, 연구생(박사 학위를 준비 중인 학생)을 가리지 않고, 전범 행위가 발견된 사람은 대한국재건위원회령에 의거 체포했습니다. 대한인 중에서도 부역 행위가 발견된 사람은 체포하였습니다. 그리고 일본인 교수 중 전범 혐의가 없는 여섯 명의 교수와 마흔세 명의 일본인 연구생, 80여 명의 일본인 학생은 용산의 일본인 수용소로 거주지를 이동해 거주 중입니다, 전하."

"그럼 경성대학에 남아 있는 학생들은 부역 행위에 대해서는 깨끗하다는 뜻이군요."

류건율 치안대장은 내가 무슨 말을 하려는 것인지 눈치채고 잠시 당황한 듯 눈빛이 흔들렸다.

"저, 전하, 송구하지만 잠시만 시간을 주시겠습니까?"

"바로 결정하지는 않을 테니 대답하세요."

어차피 그들을 교사로 교육하고 지방으로 내려보내자면 그들의 신분을 면밀히 확인해야 했다.

누구의 자식인지, 혹시 아버지가 민족 반역자가 아닌지, 혹은 할아버지가 민족 반역자가 아닌지 확인해야 했다.

지금 만들고 있는 임시 헌법은 원칙적으로 연좌제를 금지하지만, 몇 가지 예외 조항이 있었다.

그중 하나가 민족 반역 행위를 한 본인과 남편 혹은 부인 그리고 1촌 간의 부모와 자녀는 선출직과 임명직을 비롯한 모든 공직公職에 진출하지 못한다는 조항이었다.

여기에는 공무원과 공기업까지 포함되어 있었다.

그리고 민족 반역자의 손자, 손녀라 하더라도 교육을 하는 교육자는 될 수 없었다.

교육은 나라의 근간을 만드는 일이었기에, 교육자에게 그 잣대는 더욱 엄격히 적용되었다.

특히 지금 내가 경성제국대학을 이용해 선발하려는 사람들은 민주주의와 정치를 교육하고, 선거가 원활히 이루어지도록 해서 이 나라의 주춧돌을 만드는 역할을 할 이들이었다.

하지만 경성제국대학은 한반도에 있던 일본인도 가기 힘든 대학이었는데, 그곳을 다닌 대한인이라면 민족 반역 행위를 한 유력 가문의 아들일 가능성이 높았다.

그래서 더욱 꼼꼼히 확인이 필요했고, 그게 하루 이틀로 안 되는 건 잘 알아 편하게 말하도록 했다.

"지금까지 확인한 바로는 부역 행위는 발견되지 않았습니다, 전하."

"그럼 경성 소재의 전문학교는 어떤가요?"

"그곳도 비슷한 상황입니다. 일부 학교는 경성제국대학과 비교하면 일본인 교수나 연구생의 숫자가 적어서 휴교는 했지만, 교수들과 학생들이 모여 우리 위원회의 행보에 대해 논의하고, 학생들이 위원회를 도울 방법을 논의한다고 들었습니다, 전하."

교육을 위해서는 사범학교를 졸업하고 교사가 될 수 있는 사람을 이용해야 했지만, 지금은 그게 불가능했다.

거기다 이 시대에 교사를 했던 사람들 중 태반은 부역 행위가 있는 이들이라 그 숫자는 턱없이 부족했고, 돌려 말했지만 나는 대학생을 이용하는 게 어떤가 하는 제안이었다.

"법무위원님?"

"네, 전하."

"법무위원님이 말하는 정치교육은 제헌의회 선거가 이루어지기 전에 교육되어야 하겠죠?"

내가 성재에게 급한 일이라고 말한 건 맞지만 내 말 때문에 성재가 생각보다 훨씬 일을 급하게 진행하려 해서 말했다.

"그렇습니다, 전하."

성재는 내 말이 무슨 뜻인지 충분히 알았고, 그뿐 아니라 이 자리에 참석한 모든 사람이 이제 내 말을 이해했다.

"내 생각에는 학생 중에서 우리와 뜻을 같이하는 사람을 선발해 교육한 이후 각 지역으로 내려보내 정치교육을 하는 게 좋을 것 같네요. 다들 어떠신가요?"

"……학생들을 설득하는 게 쉽지 않아 보입니다, 전하."

결국, 이 일은 법무부에서 제안했지만, 교육과에서 주관해야 했기에 최현배 교육과장이 조심스럽게 말했다.

"그렇겠지요. 그건 부위원장께서 손을 빌려주세요."

"어떤 일을 도우면 되겠습니까? 저는 전문학교나 경성제대 학생들을 잘 알지 못합니다, 전하."

여운형 부위원장은 내 말에 잘 모르겠다는 듯 고개를 갸웃하며 대답했다.

"작전 전에 제 부탁으로 만해 선생을 만나셨던 걸로 기억합니다."

"……정확히 기억하십니다, 전하."

부위원장은 눈에 띄게 당황하더니 대답했다.

미복잠행 중에 만났던 문인이 했던 말에서 만해 선생이 조만간 부위원장과 만나 본다 했던 게 기억나서 말했는데, 그게 조금 빨리 진행된 모양이었다. 아무래도 벌써 만해 한용운 선생과 무언가 접촉이 오갔는데, 내가 만해의 이름을 꺼내서 놀란 듯 보였다.

"제가 알기로는 만해 선생께선 학생들과 교류하고, 친분을 가지고 있을 뿐만 아니라, 학생들에게 신뢰를 받고 있다고 하더군요. 한 번 더 만해 선생과 접촉해서 의견을 물어 주세요."

"알겠습니다, 전하."

"그럼 이 부분은 조금 더 확인한 이후 논의하고 다음 안건으로 넘어갑시다."

내 말에 성재는 다른 안건을 올렸고, 법무부의 안건이 끝나자 평소보다 길었던 아침 회의가 끝났다.

법무부의 법무위원인 성재는 내 생각보다 능력이 있는 사람이었다.

나는 그에게 정치교육에 대한 부분만 오늘 이야기할 수 있도록 말했지만, 그는 정치교육뿐 아니라 내가 서류로 넘겼던 임시 헌법에 관한 것 중 절반을 오늘 아침 회의에서 안건 발의를 했고, 그중 절반을 위원들의 동의를 얻어 통과시켰다.

통과시킨 안건 중에는 제헌 의원을 포함한 국회의원이 본회의에서 하는 투표는 모두 기명투표로 한다는 법안과 법에 따른 처벌은 병과주의併科主義(유기형有期刑을 선고함에 있어 각 형을 선고한 이후 그 선고된 형을 전부 합산하여 최종 선고한다.)와 흡수주의吸收主義(경합죄 중에서 가장 중한 죄에 정한 형으로 처벌하고 다른 경한 죄에 정한 형은 이에 흡수시킨다.), 가중주의加重主義(경합범競合犯을 처단하는 데 그 경합범 중에서 가장 중한 죄에 정한 형刑에 일정 기준에 의한 가중을 하여 처벌한다.) 중에서 병과주의를 선택한다는 법안이 있었다.

나는 죄를 지었으면 그 죄에 대한 죗값을 치러야 한다고 생각했다.

가중주의나 흡수주의를 하게 되면 극단적으로 생각했을 때 법정 최고 범죄인 살인을 저지른 범죄자가 다른 범죄를 저지르면 어떤 무자비한 범죄를 저지르더라도 살인에 해당하는 형이 선고되거나 기껏해야 일정 비율로 줄어든 형량을 더해 형이 선고되는 수준이었다.

나는 범죄를 지었으면 각각의 범죄에 해당하는 형을 다 받아야 한다고 생각했다.

범죄를 저질렀다면 그에 맞는 대가를 치러야 했다. 그 잘못의 합이 2백 년에 해당하는 범죄라면 징역 2백 년이 나와야 한다고 생각했다.

미래의 한국은 무기징역으로 구속되어도 20년 이상 모범수가 되면 가석방 심사를 받고 가석방을 통해 석방되거나, 유기징역 중 최고형인 25년 형을 받아도 절반을 채우면 그때부터 가석방 심사를 받아 석방될 수 있다.

그래서 병과주의를 선택해 다중 강력 범죄나 엄청난 규모의 경제 범죄를 저지르면 무기징역이 아닌 수백 년의 징역을 선고해 해당 범죄자가 살아 있는 시간 안에는 가석방 심사 대상조차 되지 않게 하고 싶었다.

예를 들어 2백 년을 선고받는다면 가석방 심사 대상이 되기 위해서는 최소 1백 년 이상의 징역을 살아야 했는데, 나는 피해를 본 피해자를 생각하면 그게 당연하다고 생각했다.

법은 가해자의 인권을 먼저 생각할 게 아니라 피해자의 상처받은 마음과 인권을 먼저 생각해야 한다.

위원회 사람들은 이런 나의 뜻에 동의했다.

위원회에 있는 사람은 전부 일본이란 제도권에서 이탈한 사람들이었고, 그들은 범죄를 저지른 가해자보다 피해자로서의 삶을 살았다.

이들은 법이 지켜 주지 않는다면 그 피해자가 얼마나 끔찍한 삶과 고통으로 살아가는지 몸으로 체득한 사람들이었다.

그래서 병과주의를 지지하는 내 발언에 그들은 당연한 듯 동의했다.

11장

　요 며칠 사이 가장 길었던 아침 회의가 끝나자 어느덧 시간은 점심시간을 바라보고 있었다.

　내무위원이 회의 종료를 알리고, 내가 가장 먼저 회의실을 벗어났다.

　처음에는 내가 생각에 빠지거나 다른 위원에게 물어볼 게 있어서 회의실에 몇 번 남아 있었다. 그런데 내가 회의실에 남아 있자 회의가 끝이 나도 분위기가 쉽게 정리되지 않았고 참석자들도 내가 나설 때까지 회의실을 잘 벗어나지 않았다.

　몇 번 먼저 나가라고 말을 해 봤지만 다들 주춤거리고 불편해해서, 아침 회의 중에 궁금한 점이나, 위원, 부위원, 과장에게 물어보고 싶은 게 있어도 회의실을 벗어나 최지헌을 통해 말을 전달해 내 사무실로 불렀다.

"이건 교통위원이 기밀을 요한다 했습니다, 전하."

복도를 걸어가며 조금 어수선한 분위기로 기록담당관의 눈이 나를 보지 않을 때 다가온 최지헌이 내게 아무것도 적혀 있지 않고 도장이 찍힌 종이를 내밀었다.

제국익문사 특유의 화학비사법으로 작성된 보고 서신이었다.

사무실로 돌아와 잠시 쉰다는 핑계로 모두 내보내고 방 안의 기름 램프에 불을 붙였다.

불이 안정되길 기다렸다가 아무것도 적혀 있지 않은 종이에 열을 가하자 글자가 조금씩 드러났다.

화학비사법으로 작성된 서류는 오랜만이라 내용이 더욱 궁금해져 빠르게 모든 글자를 읽을 수 있게 했다.

전하, 지금 저잣거리에는 온갖 항설巷說이 떠돌고 있습니다.

전국 각지의 여러 사람이 위원장과 부위원장의 측근이라거나, 위원회에 근무한다거나, 위원회의 지시를 받았다고 사칭해 온갖 이익을 취하고 있다는 얘기가 있습니다.

가령 일본인을 한성에서 탈출시켜 준다는 내용부터 중국이나 일본으로 밀항시켜 준다고 돈을 받거나, 위원회와 군에 필요한 물품 조달을 위한 핑계로 마치 위원회에서 징발하는 듯 재산을 빼앗는 일도 있다고 합니다.

또한 부역자가 아닌 평범한 대한국민도 위원회에 잘못 보이면 치안대가 체포해 간다는 소문을 만든 후, 자신들에게 돈을 내면 보호해 준다는 단체까지 있다 합니다.

이는 과거 대한제국과 조선에서 외척이 황실을 등에 업고 조정과 백성을 유린했던 것과 같은 일로, 후안무치厚顏無恥한 자들이 호가호위狐假虎威를 한다는 풍문이 있습니다.

지금 정보국은 양졸라 작전을 위해 부산을 제외한 각 지역에는 최소한의 인원만 남아 있고, 그들은 정보 수집에 모든 역량을 투입하고 있어 소문의 후안무치한 자들을 일일이 적발해 체포하거나 위원장, 부위원장과의 실체적 관계를 증명할 정보를 모으기는 힘든 상황입니다.

또한, 치안대가 유지되는 한성에는 일부 음지에서 소문처럼 오가는 정도지만, 우리 군과 치안대의 영향이 미치지 못하는 곳은 대놓고 활동하는 무리까지 있다는 정보입니다.

이러한 말이 쉽게 퍼져 나가는 데에는 전하께서 돌아오신 이후 지방의 춘추정성春秋鼎盛의 청년과 유생을 중심으로 자경대를 조직한 이후 치안治安을 경계로 무리가 만들진 것이 크다는 게 정보국의 의견입니다.

또한, 일부 지역에선 일본인과 부역자를 색출해 죄를 묻는다는 말로 어떠한 권한도 없이 정식 재판 절차를 거치지 않고 감금하거나 임의로 살인을 저지르고 있습니다.

이 때문에 공포에 질린 일본인과 대한인 사이에 소문이 빠르게 퍼졌는데, 각 지방으로 군대가 들어가 치안을 확립하기 전까지는 이들의 횡포를 바로잡기가 힘들 것으로 보입니다.

전하의 용단이 필요한 상황이라 말씀 올립니다, 전하.

편지를 다 읽은 후 램프의 불에 태워 없애면서 종이의 연기가 호흡에 들어와 머리가 띵해졌다. 아니, 종이의 연기 때문이 아닐지도 몰랐다.

"누구 있는가!"

"최지헌입니다, 전하."

내가 큰 소리로 말해서인지 평소보다 더 빠른 속도로 최지헌이 들어왔다.

"가서 독리와 기록국장을 모셔 오게."

평소 독리와 개인적으로 대화할 때를 제외하고는 교통위원이라는 직책으로 말했는데, 지금은 생각할 겨를도 없이 말했다.

독리는 내 사무실 근처에 있었는지 최지헌이 고개 숙이고 나간 지 1분도 되지 않아 최지헌과 함께 들어왔다.

그리고 오전의 기록을 작성하던 문서기록관도 최지헌에게 말을 전해 들었는지 가쁜 숨을 몰아쉬며 기록국장인 유정榴亭 조동호趙東祜와 함께 독리의 뒤를 이어 들어왔다.

기록국장은 몽양 여운형이 천거한 인물로, 임시정부의 기관지였던 독립신문의 기자와 논설 주필을 지냈고, 동아일보와 조선중앙일보에서 논설 주필, 편집 고문 등을 지낸 사람이었다.

몽양이 추천할 때에 자신의 형제와 같은 사람이고, 부역 행위에서 깨끗하며, 돈에 대해서 초연해 기록국을 믿고 맡길 수 있는 인물이라 했다.

백범도 유정 조동호라면 기록국장으로 손색이 없다고 환영한 사람이었다.

"이쪽으로 앉으세요. 그리고 지금부터 대화는 기록국장께서 직접 작성해 등급 외로 관리해 주세요."

"알겠습니다, 전하."

기록국장의 대답 이후 독리와 기록국장은 각각 자신을 데려온 사람에게 눈짓을 줬다.

최지헌과 문서기록관이 나가자 내가 앉아 있는 탁자에 와서 앉았다.

"내가 본 게 사실인가요?"

"그렇습니다, 전하."

앞뒤가 없는 말이었지만, 독리는 대답했고 기록국장도 아무런 의문 없이 기록관에게 넘겨받은 수첩에 글을 썼다.

"……."

갑작스러운 문서였고, 어디서부터 말해야 하는지 판단이 되지 않아 조용히 독리를 바라봤다.

조금 전까지 들리던 펜의 사각사각하는 소리도 멈췄고, 오전까지 끈질기게 내리던 빗소리까지 멈췄다.

"일본인과 한국인을 어떻게 구분해서 죽이는 건가요?"

두서없는 말이었지만 독리는 곧바로 대답했다.

"주고엔 고짓센(15엔 50전)을 아십니까, 전하?"

"관동대지진……."

이우 공의 기억 속에도 있어 내가 직접 겪은 것과 같은 관동대지진, 아니 대한인에게는 관동대학살인 사건이었다.

대한인과 일본인을 구분하기 위해 일본인들이 했던 말이었고, 실제 대한인을 죽이는 걸 목격한 이우 공의 당시 분노를 기억으로나마 몸으로 체험해 나도 일본인에 대한 분노가 일어났다.

"질문하는 쪽은 바뀌었지만 같은 상황입니다. 그때는 대한인에게 물었다면, 지금은 일본인이게 딸, 탈, 달을 발음하라고 합니다, 전하."

"딸, 탈, 달?"

"한반도에 살고 있던 일본인들 중 우리말을 배운 사람은 극소수이고, 그중에서도 이걸 제대로 발음하는 일본인은 거의 없을 겁니다, 전하."

"대책은?"

대한인이 일본인에 대해 반감과 복수심을 가지는 것은 당연했지만, 아무런 재판이나 법적 근거 없이 사람을 죽이는 건 다른 문제였다.

거기다 딸, 탈, 달이라는 어처구니없는 구분법으로 사람을 나누는 것도 큰 문제였다.

지금 대한인이라 해도 어린 시절부터 일본어로 공부하고 배운 사람이라면 발음을 잘하지 못할 수도 있었고, 또 딸, 탈, 달 발음을 못한다고, 또 일본인이라고 모두 부역자나 우리나라를 약탈하거나 핍박한 자라는 확증은 전혀 없었다.

"……지금 당장은 없습니다, 전하."

독리도 지금 상황이 문제가 된다고 생각하지만, 대책이 없었기에 아무런 행동도 못 하고 내게 조용히 보고서를 올린 것이다.

"위원장과 부위원장, 위원회에 관한 내용은 어디까지 확인된 것인가요?"

정답인지는 모르지만 내가 머리에 떠오른 방법이 있어서 그 내용은 잠시 미루고, 서류에 들어 있는 다른 내용을 질문했다.

"지금까지 확인된 단편적인 사항입니다. 교차 검증이나, 정확한 정보는 아니나, 상황을 판단하시는 데에는 도움이 될 것입니다, 전하."

독리는 몇 장의 서류를 내려놓았다.

독리는 내게 보고서를 올릴 때 이미 이런 상황이 올 줄 알고 있었기에 준비한 상태로 내 방으로 왔다.

보고서에서 떠도는 소문 정도로 말했던 거와 다르게 문서에는 이력서처럼 각각의 사람 이름과 행적, 의심점이 적혀 있었다.

또한, 묶음별로 실제 위원장, 부위원장과 접점이 있는 사람과 접점을 찾지 못한 사람으로 나뉘어 있었다.

"위원회 내에서 이 내용을 알고 있는 사람은요?"

"정보 1부에서 조사한 내용이라 박윤희 1부장과 1부 요원들은 알고 있습니다. 그리고 사실관계를 떠나 위원회 내부의 사람들 사이에서 소문이 돌고 있어서, 소문으로 접한 사람은 꽤 많을 것입니다, 전하."

"나와 관련되거나 황실 관련된 건 없나요?"

서류에는 위원회에 소속된 사람 중 일부가 적혀 있었지만 내 측근은 보이지 않아 혹시 독리가 제외하고 올린 서류인지 확인했다.

"의친왕 전하께서 형무소로 자수해 들어가신 데다 낙선재의 황태후께서 황실 종친을 단속해 아직은 없습니다, 전하."

내 측근이 있었다면 더 큰 분노가 일었을 텐데 다행이었다.

"밖에 누구 있나!"

지금 당장은 정보국의 여력이 없어서 심층 조사해 정보의 진위를 밝히거나, 몽양, 백범과 연관성이 있는지, 그들이 어느 정도 가담했는지 파악할 수는 없었다.

하지만 연관이 있든 없든 이 문제는 심각했다.

지금 가진 선택지는 정공법뿐이었다.

"가서 위원장과 부위원장을 빠르게 모셔 오게."

사무실로 들어온 최지헌에게 명령했다.

그도 지금 뭔가 큰일이 벌어졌다고 생각해서인지 내게 인사하고 바로 나갔고, 닫힌 문 너머로 여러 사람이 뛰는 발소리가 들려왔다.

다행히 아침 회의가 끝난 지 얼마 안 되어 두 사람 다 위원회관에 있었는지 5분 정도가 지났을 때 최지헌이 두 사람을 데리고 사무실로 들어왔다.

"모셔 왔습니다, 전하."

"두 분, 이쪽으로 앉으세요."

두 사람은 사무실의 분위기가 심상치 않음을 느끼고, 굳은 얼굴로 나와 독리가 앉아 있는 탁자에 와서 앉았다.

"위원장님, 해주부의 최형배라는 사람을 알고 있나요?"

질문의 내용은 부드러웠지만, 전체적인 억양이나 말투는 가시가 돋친 듯 딱딱했다.

"음……. 아! 그는 어린 시절 함께 자란 동향 친우의 아들입니다, 전하."

백범의 대답 이후 서류를 넘기고 몽양을 바라봤다.

"부위원장님 종로의 박서인이라는 사람을 알고 있나
요?"

"알고 있습니다. 제가 신문사를 운영할 때 알고 지낸 사람
입니다, 전하."

"위원장님, 의주의 김심인이란 사람은요?"

"상해에 있을 때 임시정부 일을 하며 알고 지낸 사람입니
다, 전하."

그 뒤로도 백범과 몽양 두 사람에게 번갈아 가며 몇 사람
의 이름을 더 물었고, 두 사람은 똑같이 왜 이런 걸 묻는지
궁금한 표정으로 내 입에서 나오는 사람 중 일부는 알거나
안면이 있다고 말했고, 또 일부는 전혀 모른다고 대답했다.

서류에서 두 사람이 아닌 다른 위원이나 위원회 부서의 사
람과 연관된 사람을 제외하고 물었다.

두 사람에게 질문한 이후 5분 정도 아무런 말 없이 서류와
두 사람을 번갈아 봤다.

두 사람은 조용한 분위기에서 기록국장이 직접 기록물을
작성하고, 내가 서류를 넘기면서 뜬금없는 이름들을 물어보
는 이 상황을 파악해 보려 했으나 질문은 하지 않았고 무거
운 분위기만 확인한 채 내 입이 열리기만 기다렸다.

"위원장님 최형배와 최근에 만난 적이 있나요?"

"친우는 탈환 작전 이후 우연히 경성에 올라와 있다고
알려 와 잠시 만난 적이 있으나, 그의 아들인 최형배는 제

고향인 황해도 해주부에 있어 직접 만난 적이 없습니다, 전하."

"그 친우가 무슨 일을 하는지는 들었나요?"

"장사한다고 들었습니다. 경성에도 물건을 사기 위해 왔다고 들었습니다, 전하."

백범의 입장에서는 뜬금없는 질문이 계속되었지만, 별다른 말 없이 내 질문에 대답했다. 바로 이어 몽양을 바라보며 물었다.

"박서인과 최근 만난 적이 있나요?"

"음……. 4일 전 위원회관에 찾아와서 잠시 대화한 적은 있습니다, 전하."

"그가 무슨 일을 하는지 알고 있으신가요?"

"종로에서 싸전(곡물 가게)을 하고 있습니다, 전하."

그 뒤로도 두 사람이 안다고 했던 사람들의 신상에 관해서 물었고, 두 사람은 독리가 가져온 서류에 적혀 있는 내용과 일치하게 말했다.

이 서류의 신빙성과 정확도를 어디까지 봐야 하나 고민 중이었는데 한두 명이 아닌 두 사람이 안다고 했던 사람들의 신상과 모두 일치하니, 신빙성이 없다고 생각하기도 힘들었다.

하지만 신빙성이 있다고 해도 그건 그들의 신상에 대한 것이고, 백범과 몽양이 직접 이들이 한 비위 행위에 가담했다고 보기는 힘들었다.

"후…….위원장님."

내가 끊임없는 질문 세례 이후 또 잠시 말없이 두 사람을 번갈아 보다 말을 시작하자 백범이 나를 바라봤다.

"말씀하십시오, 전하."

"최형배가 황해도에서 대한국재건위원회 황해도해주부청년지부라는 단체를 만들고, 지역의 힘깨나 쓴다는 사람을 부하로 부리면서 시전상인과 기업가 들에게 보호비 명목으로 돈을 받는 것. 또 일부 부역자와 일본인을 상해로 밀항을 알선하며 돈을 챙기고, 돈을 내놓지 않으면 살해한다는 소문을 알고 있나요? 자신들은 협객이라 칭하며 활동하는데, 지역 사람들은 그의 아버지가 위원장님과 친분 있어서인지 그 말을 믿으며 해주부의 치안대도 최대한 부딪치지 않는다더군요."

소문이라고 말했으나 구체적인 사항을 말하니 처음에 무슨 뜻인지 모르다가 점점 백범의 표정이 호랑이와 같이 무섭게 변했다.

협객, 그들이 자신을 말하는 단어였으나, 내가 보이기에는 아버지와 위원장이 고향 친구이고 친했다는 소문을 이용해 이득을 챙긴 양아치에 불과했다.

협객보다는 정치 깡패에 훨씬 가까워 보였다.

어쨌든 그는 아버지와 백범이 친분이 있다는 것을 공공연

운현궁의
주인

히 소문내며 이용했고, 경성에서 그리 멀지 않아 대한군의 일부가 투입되어 설립된 치안대조차 문제의 진위를 아직 파악하지 못해서 되도록 부딪치지 않으니 진위를 파악하는 시간 동안 소문이 진실이 되어 가는 중이었다.

"……듣지 못했습니다, 전하."

"……."

"위원회가 전국 곳곳에 눈과 귀를 가지고 있으나, 너무 많은 정보로 인해 위원장께서 모든 일을 알지는 못할 것입니다, 전하."

내가 백범의 대답에 아무런 말을 안 하자 지금껏 조용히 듣기만 한 독리가 조심스럽게 나를 만류하듯 말했다.

어쩌면 독리는 비밀스럽게 취급한 정보였고, 백범이 모르는 게 그의 잘못이 아님을 말하기 위해 말했을 수도 있었다.

"내가 알기로는 위원장의 지시로 임시정부에서 감찰과 정보를 담당했던 사람 중 일부가 내무부 내에서 감찰 역으로 활동 중이라 들었는데……. 그들에게 아직 못 들었나 봐요."

독리의 말은 듣고도 무시한 채 백범을 바라보며 말했다.

내 말에 놀란 백범의 표정을 뒤로하고 바로 이어서 몽양에게 물었다.

"부위원장께서는 박서인이 지방 미전米廛의 주인들에게 위원회와 광복군에 들어갈 쌀을 수매收買하는 재정부에 줄을 대 주는 대가로 뒷돈을 챙기고 있고, 그에게 뒷돈을 주지 않는 미전주는 재정부의 담당자와 연결조차 안 된다는 소문이 도는 걸 알고 있나요?"

몽양도 백범에게 했던 말과 같이 지금껏 나왔던 이름들이 나쁜 짓을 했다는 걸 눈치챘는지 굳은 얼굴로 듣다가 그 내용이 점점 진행되자 얼굴에 분노가 서렸다.

"그런 소문이 있는 줄은 몰랐습니다, 전하."

"부위원장도 정보 1부장과 재정부 박영규 재정위원 직속의 정보활동을 하는 부서를 통해 많은 정보를 듣는 것으로 알고 있는데……. 제가 잘못 알았나요?"

"……."

두 사람 모두 내가 장악한 정보국 외에 자신들만의 정보 수집 부서를 구성해 놓았다.

그 부분은 이미 독리로부터 보고받아 알고 있었지만, 위원회에 지장을 주는 정도가 아니라면 큰 문제가 아니라 묵인했다.

그리고 제국익문사의 요원이 많이 들어가 정보부를 내가 장악했다고 하지만 그들도 만능이 아니었고, 그들이 놓치거나 알지 못하는 부분을 다른 감찰, 정보 부서에서 파악하고, 또 서로의 독주를 견제한다면 좋을 거라 생각했다.

하지만 그들의 정보 부서는 이런 문제에는 전혀 관심이 없었거나, 능력이 없다는 게 드러났다.

아니면 전혀 다른 일에 집중하고 있는지도 몰랐다.

그러나 이 문제는 어떤 핑계로도 용서할 수 있는 부분이 아니었다.

측근 비리이든 아니면 위원회의 이름을 도용한 양아치들의 횡포이든 어느 쪽이든 국민의 눈에는 위원회의 비리로 보일 것이고, 부패한 정부의 결과가 어떤지는 이미 수많은 역사로 잘 알았다.

두 사람은 분노와 창피함이 뒤섞인 얼굴로 나를 바라봤다.

"최형배와 박서인 두 사람은 자신들의 일을 하며 위원장과 부위원장의 이름을 은연중에 내세웠더군요. 그 외에도 내가 물었던 사람들 대부분은 경중이 있지만, 비슷한 행동을 했어요. 저는 두 사람이 이런 이들과 직접 연관이 없다고 생각하겠습니다."

정공법을 택했다.

이 내용 중에 관여된 일이 있든 없든 직접 말함으로써 두 사람에게 정리하라는 선택지를 주었다.

"위원회가 하는 일에 제 개인적 사심이나 이익을 챙긴 적은 없습니다, 전하."

"상해부터 지금까지 단 한 번도 하늘을 우러러 부끄러운 일은 한 적이 없습니다, 전하."

두 사람은 내 통보에 내가 원한 선택지를 골랐다.

나는 그들이 이 문제와 연관이 없다고 믿었다.

김구 위원장이 상해에서부터 지금까지 어떻게 살아왔는지 잘 알았고, 여운형 부위원장이 일제에 핍박을 받으면서 어떤 신념을 가지고 어떻게 살아왔는지 잘 알았다.

그리고 미래의 기억으로도 그들이 독립된 국가에서 어떻게 행동했는지 알아서 믿고 싶었다.

"두 분을 의심하지 않습니다. 두 분이 어떤 사람인지는 나도 잘 알고, 두 분을 신뢰합니다. 하지만 이 서류의 사람들은 믿지 못합니다. 우리의 치안권이 형성된 지역부터 드러난 이들을 체포해 죄를 물을 것입니다. 교통위원께서는 경성치안대와 협조해 박서인과 해주부의 최형배를 체포하세요. 그리고 아직 치안대와 군의 영향력이 못 미치는 곳에 있는 사람들도 치안이 확립되는 대로 체포해 죄를 물어야 합니다."

"말씀대로 진행하겠습니다, 전하."

"내가 지금까지 위원회의 일에 직접 명령을 내리는 일은 없었지만, 이번 일에는 위원장과 부위원장뿐 아니라 여러 위원과 위원회 사람이 관련되어 있습니다. 다행히 의친왕 덕분에 황실 관련된 이는 없으니, 이 문제는 제가 직접 관장해 관련자를 색출하고, 처벌할 것입니다."

두 사람에게 선포하듯 말했다.

지금까지는 위원 회의에 참석자로 한 표를 행사했다면, 이 문제는 내가 전권을 가지고 명령서에 내 도장을 찍어 진행하겠단 말이었다.

　"알겠습니다, 전하."

　백범과 몽양, 독리가 함께 대답했다.

　"새로운 임시 부서를 위원회 직속 부서로 설립할 것이고, 그 부서장은 감청천 교통위원이 겸직합니다. 해당 부서는 내일 아침 회의에서 의결하겠지만, 각 지역의 치안대와 군의 우선 동원권과 수사권을 가집니다. 보고는 나와 위원장, 부위원장에게 아침 회의 이후 소회의를 만들어 직접 보고하며, 수사가 진행 중인 사항에 대해서는 감청천 교통위원이 전권을 가지고 진행합니다. 이 부서는 제헌의회 선거 이후 정부가 설립될 때까지 존속할 것이며, 이후 존속은 첫 정부와 논의 이후 결정합니다. 동의하나요?"

　"동의합니다, 전하."

　세 사람이 동시에 대답했다.

　부패와 비리, 위원회와 관련된 불법적 활동에 대한 무소불위의 권한을 가진 부서에 대한 설립이었고, 지금까지 군주가 직접 나서지 않는다는 규칙을 깨고 전례를 만드는 일이었다.

　하지만 눈앞에 문제가 되는 부분이 있었고, 자신이 한 일은 아니었지만, 자신들과 관련이 있는 일이라 몽양과 백범은 반대하지 않았다.

"반대하지 않으셔서 감사합니다. 다른 위원에게도 개별적으로 알려 주세요. 내일 아침 회의에서 이 일은 만장일치로 통과시킬 것입니다."

만장일치, 밀실 정치처럼 나의 뜻에 따라 모든 위원들이 내 말에 따르도록 하는 것이지만, 부패와 비리를 잡을 부서에 힘을 실어 주기 위해 이리 말했다.

"알겠습니다, 전하."

"그럼 다른 문제에 대해 잠시 논의하지요. 이 사람들뿐만 아니라 여기 이 서류에 있는 것들은 위원회와 관련은 없지만, 우리의 치안력이 미치지 않는 곳에서 사람을 살해하거나 핍박한 사람과 단체인데, 우리의 치안권이 확보될 때까지 기다린다면 위험할 수도 있다고 생각되네요."

위원회와 관련된 인물들로 작성된 서류를 독리에게 돌려주고, 그 뒤에 있던 서류를 내려놓으며 말했다.

그 서류에는 여러 지역의 정보가 담겨 있었는데, 그중 특히 눈에 띄는 것이 있었다.

조선의 모스크바라 불리는 대구에서 직물 직공을 중심으로 한 단체가 설립되었고, 그들은 일본 제국 아래에서 자신들을 착취했던 대한인 관리자와 일본인 기업가들에 대해 복수를 진행했다.

동성정 1정목의 거리에서 10여 명의 일본인과 대한인 관리자를 공개 처형했다는 내용도 있었다.

"대구에 있던 정보국 요원은 부산으로 옮겨 대구에는 요원이 공석인 것으로 아는데 정보를 입수했네요?"

백범과 몽양이 내가 내려놓은 서류를 나눠 읽고 있을 때 독리에게 물었다.

정보에는 수집 날짜가 있었고, 그 수집 날짜가 2일 전이라 물었다.

"이 내용은 앙졸라 작전에 투입된 요원이 수집한 정보입니다, 전하."

"그들이 대구를 지나갔나요?"

앙졸라 작전을 진행하는 요원이 이동했다는 것은 알았지만 정확하게 어느 경로로 이동하는지 몰라 물었다.

"앙졸라 작전을 진행하기 전 대구와 인근 지역의 일본인은 민간인과 공무원, 경찰, 헌병할 것 없이 유일하게 군부대가 남아 있는 진해항 쪽으로 도망치고 있다는 정보를 대구에 있던 요원이 보내왔습니다. 그래서 위원회와 일본 양측의 영향력이 없는 지금 대구는 무주공산이었기에 앙졸라 작전에 투입되는 요원들은 대구까지 기차로 이동했고, 그곳에서 차와 도보를 이용해 부산으로 잠입했습니다. 그러다 대구를 지나던 중 해당 내용을 발견한 요원이 전보를 통해 긴급히 내용을 알려 왔습니다, 전하."

"정보는 있는데……."

뒷말은 삼켰다. 그러자 서류를 대충 살펴본 몽양이 서류를 내려놓고 말했다.

"지금 당장 이 서류에 나온 모든 곳에 치안력을 확립하는 건 불가능합니다, 전하."

"다들 같은 생각이지요?"

"그렇습니다, 전하."

백범이 대답했지만 다른 두 사람도 같은 생각이었다.

세 사람 모두 우리 치안대가 설립되어 치안을 유지하는 것 외에는 마땅한 방법이 떠오르지 않는지 다른 의견을 제시하지는 않았다.

"시간문제입니다. 어쩔 수 없는 부분입니다, 전하."

백범은 내가 고민에 빠져 아무런 말이 없자 조심스럽게 말했다.

"힘들다는 건 알아요. 하지만 이게 미국에 알려지면 우리 위원회가 한반도 내에 영향력을 확보하지 못했다고 생각할 거예요. 물론 지금의 특수한 상황을 고려해 주겠지만, 무정부 상태도 아니고, 위원회라는 임시로 만든 정부가 있는 지금 난립한 단체나 개인이 법도 없이 복수를 위한 처형을 행하는 건 좋지 않아요."

미국을 예로 들었지만, 아직 우리 영향력 내로 들어오지 않은 지역의 대한인도 같은 생각을 할 수 있었다.

그리고 지금 이 상황은 위원회의 권위를 떨어뜨려 앞으로 위원회에 악영향을 줄 수 있었다.

"하지만 인력 부족과 우선순위라는 현실적인 어려움은 어쩔 수 없습니다, 전하."

독리가 조심스럽게 말했다.

그의 말에는 나도 동의했다. 우리는 지금 내부의 문제도 있지만, 일본 제국이라는 이 시대에 강대국과 얼굴을 마주 보며 전선을 형성한 상태였다.

하지만 나는 조금 다른 방법으로 해결해 보려 했다.

"치안대가 있는 지역인 해주부에서도 이런 일이 생겼어요. 물론 지금의 고민과 조금 다르게 해주부의 최형배는 위원장님의 이름을 팔았기에 가능했지만, 이런 문제가 중첩되면 위원회에 치명적인 타격을 줄 수 있어요. 그래서 나는 제국익문사의 사보와 라디오를 이용하는 게 어떤가 생각되네요. 내 개인적인 의견이지만 경성에서 이런 단체가 설립되어 활동하지 않은 건 위원회와 치안대의 노력도 있겠지만, 각 영화관에서 튼 내 연설과 광화문통에서 있었던 연설을 직접 본 사람이 많아, 경성의 정치단체는 위원회 하나만 있다고 인식해서라고 생각해요. 반대로 각 지역에서 이런 단체들이 난립하는 건, 우리가 경성을 탈환했다는 소문은 들었으나 직접 시각적으로 본 게 없어서라고 생각해요. 위원회를 알리고 위원회의 활동을 알리면, 각 지역의 단체에 국민들이 협조하지 않고 우리의 뜻에 협조해 줄 수 있다고 생각해요."

"사보를 각 지역까지 발행한다는 말씀입니까, 전하?"

독리가 조금 놀란 표정으로 물었다.

"이미 수원같이 우리가 확보한 여러 지역으로 발행 중인 사보를 조금 더 적극적으로 발행해 보급하고, 라디오를 통해 정보를 알려 주면 줄어들 거라 생각해요."

"확실히 각 지역에 치안을 확립하는 것보다는 적은 인력이 들고, 치안 확립 이전까지 과도 기간에 사용하면 좋은 방법으로 생각됩니다. 그 부분은 과거 지하동맹에 참여했던 사람들이 도우면 가능해 보입니다, 전하."

몽양이 먼저 말하고, 이어서 백범도 의견을 말했다.

"좋은 방법입니다. 라디오, 사보와 함께 각 지역에 우리와 결을 함께하는 영향력 있는 사람들을 설득해, 지역의 영향력을 확보해 치안 확립 이전의 공백을 최소화하는 방법도 좋아 보입니다, 전하."

두 사람은 내가 한 말에서 한발 더 나아가 좋은 방법을 제안했다.

그들의 말을 통해 이전의 서류에서 있었던 사람들이 두 사람의 이름을 이용해 호가호위했다는 의심에 조금 더 확신을 가졌다.

"교통위원께서 정보국장으로서 두 분의 의견을 포함해 진행할 방안을 정리해서 내일 아침 회의에서 정식 의결하지요."

　이 일은 정보국에서 관할하는 게 맞는다고 생각해 교통위
원이자 정보국장을 겸임 중인 독리에게 말했다.

다음 권으로 이어집니다

200평 초대형 24시 만화방

수면실
(침대식) —— 사우나석

다인석 —— 샤워실

세탁기 —— 신간100%

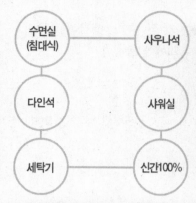

📖 수원 인계동점

● 나혜석거리　　　● 농협

● CGV　　　● 수원시청역⑧

무비 사거리

소주한잔
건물
24시 만화방 3F　　　흥콩반점　　　홈플러스

TEL : 031-226-3771
수원시 팔달구 인계동 1041-11 3층 24시 만화방

📖 의정부점

의정부역④
⑤　　　흥선지하도

◀서울방향

진성약국　　　던킨도넛츠

24시 만화방
3F

TEL : 031-856-3971
경기도 의정부시 의정부동 197-13 3층

📖 주안점

주안
남부역

◀제물포　　　　　간석동▶

민병철
어학원

25시 만화방 6F

TEL : 032-426-2871
인천광역시 주안남부역 지하상가 4번 출구 GS25시 건물 6층

📖 안양점

● 안양역　　　육교

◀관악역　　　　　명학역▶

농협

24시 만화방
2F
안양일번가

TEL : 031-466-3771
경기도 안양시 안양동 674-163 조이당구장건물 2층

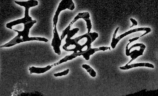

꿈의 도약, 로크에서 하십시오
(주)로크미디어에서 신인 작가를 모십니다

즐거운 세상, 로크미디어는 꿈을 사랑하고 도전을 두려워하지 않는 작가 분들의 참신한 작품을 기다리고 있습니다. 21세기 장르 문학계를 이끌어 갈 차세대 선두 주자 (주)로크미디어에서 여러분의 나래를 활짝 펴 보시길 바랍니다.

모집 분야 판타지와 무협을 포함한 장르 문학
모집 대상 아마추어 작가, 인터넷 작가
모집 기한 수시 모집
작품 접수 시 유의 사항
1. 파일명은 작가명_작품명.hwp형식을 갖춰 주십시오.
1. 파일에 들어갈 내용은 다음과 같습니다.
   – 성명(필명인 경우 실명을 밝혀 주세요), 연락처, 이메일 주소.
   – 제목, 기획 의도.
   – A4용지 1장 분량의 등장인물 소개.
   – A4용지 2장 분량의 전체 줄거리.
   – 본문.
1. 작품이 인터넷에 연재되고 있다면, 게시판명과 사이트의 구체적이고 정확한 주소를 기재해 주십시오.

선택된 작품은 정식 계약 후 출판물로 간행되어 전국 서점에 유통됩니다.
작가 분은 (주)로크미디어의 전폭적인 지원하에 전속 작가로 활동하시게 됩니다.
※ 자세한 내용은 로크미디어 홈페이지(rokmedia.com)를 참조하세요.

(140 – 133)서울시 마포구 성암로 330 DMC첨단산업센터 3층 314호
(주)로크미디어 편집부 신간 기획 담당자 앞
전화 : 02 – 3273 – 5135
www.rokmedia.com   이메일 : rokmedia@empas.com

박경원 스포츠 장편소설

신의
마구

신의 마구

신의 마구

될 놈만 되는 서러운 세상
안 되는 노력파 투수, 신을 만나다!

죽어라 노력해 봤지만
그 결과는 굴욕의 현금 트레이드!

"재능이 없으면 그냥 나가 죽으라는 거야?"

좌절한 그 앞에 BABIP 신이 나타나는데……!

-이거나 받도록 해.

신에게 받은 것, 그것은 신의 마구!